Chère Lectrice,

Pour fêter cette rentrée qui, je l'espère, se déroule « en douceur », votre collection Horizon vous offre *La plus belle des surprises* (N° 1629). Mais le plus surpris est sans aucun doute Evan, qui se retrouve soudain père d'un bébé qu'il ne se souvient pas d'avoir conçu ! Quant à Jessica, l'héroïne de *Une famille heureuse* (N° 1630), elle se réveille un beau matin dans le lit d'un inconnu... sans savoir ce qu'il s'est passé la veille. L'aidera-t-il à recouvrer la mémoire ? Whitney, en revanche, n'a rien oublié de la trahison dont sa sœur, abandonnée par un homme alors qu'elle était enceinte, a récemment été victime. Déterminée à confondre ce goujat, elle se lance à ses trousses... *Un destin pour deux* (N° 1631), vous le verrez, traite avec humour et finesse d'un sujet délicat.

Ensuite, vous ferez la connaissance de Cassidy, une costumière de talent, chargée d'habiller un homme si séduisant qu'elle ne pense... qu'à le déshabiller ! Ce *Couple de rêve* (N° 1632) a-t-il une chance de se former ?

S'il est une femme qui, précisément, ne croit pas à la chance, c'est bien Paula, habituée depuis toujours à ne compter que sur elle-même. Aussi, reste-t-elle sur ses gardes lorsque le beau et riche Brad Vandercamp commence à lui faire la cour. *Le prince amoureux* (N° 1633) aura-t-il raison de ses réticences ?

Enfin, en lisant *Un serment éternel* (N° 1634), vous vous aventurerez avec Lauren et Nick sur le terrain dangereux de l'amitié amoureuse qui, au fil du temps, se transforme parfois en amour tout court...

Bonne lecture, et rendez-vous le mois prochain,

La responsable de collection

Bravo les enfants !

Ils sont joueurs, rêveurs, étonnants et toujours attachants... le **1er** octobre, les enfants sont à la fête avec un coffret exceptionnel de 3 romans.

Découvrez l'histoire de Blade, l'un des héros des trois romans spécialement réédités composant ce coffret, à qui il va falloir beaucoup d'amour et de patience pour gagner l'affection de son petit neveu, devenu orphelin. De même en est-il de Rachel et Sherry, les héroïnes des deux autres romans de ce coffret, pour qui l'amour sera également la solution à bien des problèmes...

Une famille heureuse

JUDY CHRISTENBERRY

Une famille heureuse

COLLECTION HORIZON

*Cet ouvrage a été publié en langue anglaise
sous le titre :*
IN PAPA BEAR'S BED

Traduction française de
ZOÉ DELCOURT

HARLEQUIN®
est une marque déposée du Groupe Harlequin
et Horizon® est une marque déposée d'Harlequin S.A.

1.

De la neige, à présent !

Jessica Barnes n'en croyait pas ses yeux. La pluie tenace qui la suivait depuis Kansas City s'était depuis quelques minutes transformée en véritable tempête de neige ; du jamais vu, en novembre. Décidément, il n'y avait plus de saisons...

Elle se faisait cette réflexion lorsque, tout à coup, sa petite Mercedes glissa sur une plaque de verglas dissimulée par la neige, fit une embardée, et se retrouva... coincée dans le fossé, sur le bord de la route.

Un peu sonnée, Jessica mit quelques secondes à reprendre ses esprits. Heureusement qu'elle avait attaché sa ceinture de sécurité, songea-t-elle, sans quoi elle aurait probablement traversé le pare-brise...

Zut, zut, et zut ! Il ne manquait vraiment plus que ça : un accident de voiture au milieu de nulle part !

En quittant Kansas City pour se diriger vers le sud, la jeune femme avait seulement eu l'intention de se donner un peu de temps pour penser, pour réfléchir en paix. Mais apparemment, elle allait pouvoir cogiter encore plus longtemps que prévu... Cela faisait un bon moment qu'elle n'avait plus croisé d'habitations, et la neige tombait de plus en plus dru. Que faire ?

Impossible de rester dans sa voiture : il lui fallait trouver un abri avant que la tempête ne redouble encore d'intensité. Sinon, elle mourrait de froid, purement et simplement. D'un coup d'épaule, elle parvint à ouvrir sa portière, légèrement enfoncée par le choc. Aussitôt, un vent glacial l'assaillit, traversant le long pull qu'elle portait sur son jean et son T-shirt. A peine eut-elle posé le pied par terre qu'elle eut l'impression que ses tennis de toile s'imbibaient d'eau froide. Elle jeta un coup d'œil en arrière ; mais retourner dans la voiture ne l'avancerait à rien. Il fallait qu'elle trouve de l'aide, et vite.

Rentrant la tête dans les épaules, elle entreprit de remonter en haut du talus que sa voiture avait dévalé. Déjà, elle ne sentait plus le bout de ses doigts.

Une fois sur la route, elle marcha droit devant elle pendant ce qui lui sembla une éternité. Il n'y avait aucun signe de vie, alentour ; on n'entendait que le vent qui hurlait dans les arbres.

Jessica commençait à se décourager lorsque, sur sa droite, elle aperçut un petit chemin qui s'enfonçait dans la forêt. Elle n'hésita qu'une seconde : après tout, il devait bien mener quelque part, et il ne semblait y avoir aucune habitation au bord de la route elle-même. Déterminée, elle s'engagea donc sur le sentier déjà entièrement recouvert de neige.

La jeune femme avait à peine parcouru cinq cents mètres qu'elle se demandait si elle n'avait pas commis une erreur en quittant la route. Les arbres qui l'entouraient, s'ils la protégeaient un peu des éléments, projetaient sur le chemin une ombre inquiétante ; et plus elle s'enfonçait, plus la forêt semblait mystérieuse, presque sinistre.

Et si le chemin ne menait nulle part ? Et si elle se retrouvait, après des heures de marche, seule dans les bois gelés, condamnée à mourir de froid au pied d'un arbre ?

Jessica eut un petit rire ironique. N'était-ce pas pour être seule, précisément, qu'elle avait quitté l'immense demeure de son père, dans le meilleur quartier de Kansas City ?

Le chemin tournait, et son cœur se mit à battre plus vite. Etait-elle arrivée ? Oui ! Elle faillit pleurer de joie en apercevant la grande cabane de bois, à une cinquantaine de mètres devant elle. Sauvée !

Rassemblant son courage, elle se hâta vers la porte, protégée par un auvent, et frappa de toutes ses forces. Mais seul le bruit saccadé de sa propre respiration lui répondit. Elle réessaya ; en vain. Au bout de quelques secondes, elle s'approcha d'une des fenêtres pour essayer de regarder à l'intérieur de la maison. Malheureusement, le givre accumulé sur la vitre empêchait de distinguer quoi que ce fût. Retournant à la porte, elle tenta de tourner la poignée, sans succès.

Que faire ? Elle avait froid, mais se voyait mal casser une vitre pour pénétrer à l'intérieur de la cabane. Désespérée, elle abandonna l'abri de l'auvent pour faire le tour de la maison. Les portes du garage étaient fermées elles aussi, et en arrivant à la porte de derrière, la jeune femme était tellement persuadée de la trouver close qu'elle faillit tomber la tête la première à l'intérieur lorsque la poignée céda à sa pression.

Jessica referma doucement le battant derrière elle. La pièce — une cuisine, de toute évidence — était plongée dans l'obscurité, mais il y régnait une douce chaleur. En tâtonnant, Jessica trouva un interrupteur et alluma la lumière.

— Il y a quelqu'un ? appela-t-elle d'une voix tremblante.

Aucune réponse ne lui parvint, à l'exception d'un borborygme furieux de son estomac affamé.

Bon, elle n'avait pas survécu à l'hypothermie pour mourir d'inanition ; aussi, mettant ses scrupules de côté, se dirigea-t-elle vers le réfrigérateur. Elle y trouva un bol de pâtes au fromage recouvert d'un film transparent et, repérant un four à micro-ondes sur le plan de travail, décida que cela ferait un repas très convenable.

« Ce ne sont que des restes, se disait-elle pour calmer sa conscience malmenée. Et puis, je laisserai de l'argent pour rembourser le propriétaire des lieux. »

Après avoir dévoré les pâtes, elle se sentit mieux. A présent, il ne lui restait plus qu'à se sécher et se réchauffer un peu ; et peut-être, lorsqu'elle aurait fini, ses hôtes involontaires seraient-ils de retour et pourraient-ils la conduire jusqu'à la ville la plus proche ?

Rob Berenson, les mains encombrées de paquets, poussa du pied la porte de communication entre le garage et la cuisine.

— Ne glissez pas sur la marche ! cria-t-il à ses aides.

— Pas de risque, papa ! répondit Cathy d'une voix assurée.

Elle entra dans la cuisine sur ses talons, ses petits bras serrés autour d'un sac à provisions.

Michael, quatre ans, suivait sa grande sœur, un énorme paquet dans les bras.

— Super ! lança leur père. Maintenant, commencez à ranger tout ça pendant que je vais chercher le reste.

— Je veux t'aider, papa, protesta Michael. Je suis grand, maintenant !

— C'est vrai, et c'est précisément pour cette raison que tu as le droit d'aider ta sœur à ranger les affaires, répondit patiemment Rob.

Il poussa un petit soupir de soulagement en voyant

l'enfant obéir. Cela ne faisait pas très longtemps qu'il était ainsi père à plein temps, et il trouvait encore la tâche bien ardue...

— Papa, tu as laissé un bol sale dans l'évier ! observa Cathy d'un ton grondeur lorsqu'il revint avec d'autres sacs pleins de provisions.

— Mais non, répondit-il d'un ton distrait.

N'avait-il rien oublié ? Cette tempête de neige imprévue risquait de les isoler durant plusieurs jours, et il ne voulait pas que les enfants manquent de quoi que ce fût.

— Si, c'est vrai, insista Cathy. Maman nous dit toujours de mettre notre vaisselle sale dans le lave-vaisselle.

Jetant un coup d'œil dans l'évier, Rob constata que la fillette avait raison. Comme toujours...

— Michael, pourquoi n'as-tu pas mis ton bol dans le lave-vaisselle ? s'enquit-il d'un ton las.

— Je n'ai rien mangé, papa, affirma l'interpellé. D'ailleurs, je meurs de faim !

Ce qui n'avait rien d'étonnant : le garçonnet était doté d'un appétit d'ogre.

— Il reste un peu de pâtes au fromage dans le frigo. Tu n'as qu'à les réchauffer, ça te calera jusqu'au dîner.

— Et moi, papa ? demanda Cathy, les mains sur les hanches dans une posture indignée.

— Michael et toi n'aurez qu'à partager, ma chérie.

— Je peux pas, répondit Michael, la tête dans le réfrigérateur.

— Allons, Michael, je croyais que nous avions déjà parlé du partage, toi et moi. Lorsque ta sœur veut quelque chose...

— Je peux pas parce qu'il n'y a plus de pâtes.

Rob lâcha un soupir irrité.

— Ne dis pas de bêtises, voyons. Je les ai mises moi-même au frigo après le déjeuner...

Il s'interrompit et regarda en fronçant les sourcils le bol sale dans l'évier. C'était précisément celui dans lequel il avait placé le reste de pâtes...

Perplexe, Rob se laissa tomber sur une chaise pour réfléchir. Avait-il mangé les pâtes avant de partir au supermarché ? Non, il s'en souviendrait, tout de même !

Soudain, une sensation désagréable l'alerta, et il se leva vivement. Michael pouffa.

— Oh, papa, ton pantalon est tout mouillé ! Est-ce que tu as eu un accident ?

Le petit garçon lui-même avait parfois des « accidents » de ce type, et le fait que son père, de toute évidence, en eût été lui aussi victime l'amusait visiblement au plus au point. Cathy, pour sa part, se taisait, mais sa mine réprobatrice parlait pour elle.

Rob passa la main sur le coussin de la chaise ; celui-ci était trempé, ce qui expliquait que son pantalon de velours beige fût mouillé. Il leva aussitôt la tête, s'attendant à découvrir une fuite au plafond ; mais ce dernier était sec.

Cathy pointa le sol du doigt.

— Papa, il y a aussi une flaque par terre.

Cette fois, plus de doute possible : quelqu'un avait pénétré chez eux. Il réfléchit à toute vitesse. La porte de derrière avait dû rester ouverte, comme toujours...

— Ecoute, Cathy, je voudrais que ton frère et toi alliez vous enfermer dans la voiture un moment, d'accord ?

— Tu crois qu'il y a un voleur, papa ? demanda la fillette, surexcitée.

— Non, mais je préfère être prudent et vous savoir à l'abri pendant que je ferai le tour de la maison, d'accord ?

Cathy prit une profonde inspiration, puis rejeta les épaules en arrière.

— Pas question. Nous resterons avec toi pour te protéger, papa.

Sa grandiloquence amena un sourire attendri sur les lèvres de Rob.

— Merci, ma chérie, mais je pense...

— Pipiiii ! coupa Michael.

Avant que Rob ait pu réaliser ce qui se passait, son fils était parti en courant en direction des toilettes, situées au premier étage.

— Michael, attends ! cria Rob en se précipitant à sa suite, Cathy sur ses talons.

Mais l'enfant était plus rapide que son père ne l'aurait cru, et lorsque Rob émergea de la cuisine, Michael était déjà en haut des marches. Tout en montant, Rob remarqua avec anxiété les traces de pas visibles sur la moquette de l'escalier.

Quelqu'un — un étranger — se trouvait en haut. Avec son fils.

Ce dernier, lorsqu'ils arrivèrent devant la porte de la salle de bains, se trouvait à l'intérieur, un large sourire aux lèvres.

— Je suis arrivé à temps, papa ! annonça-t-il fièrement tandis que sa sœur détournait pudiquement le regard.

— Euh... c'est bien, répondit Rob, un peu dépassé par les événements.

Les traces de pas se dirigeaient vers sa chambre, observa-t-il.

Suivant son regard, Cathy courut jusqu'à la porte.

— Tu crois qu'il y a quelqu'un là-dedans, papa ?

— Non, mais je veux que ton frère et toi redescendiez dans la cuisine, c'est compris ?

La fillette s'apprêtait à hocher la tête lorsque Michael, sans crier gare, se glissa entre ses jambes et ouvrit la porte de la chambre. D'un bond, Rob le rattrapa ; mais c'était inutile. Le petit garçon s'était figé sur le seuil et ouvrait de grands yeux.

— Papa ! Il y a une dame toute nue dans ton lit !

Rob s'apprêtait à réprimander son fils pour son imprudence lorsqu'il s'immobilisa à son tour. Michael avait raison : il y avait une femme nue dans son lit. Une très belle femme, au demeurant, que le vacarme semblait avoir éveillée et qui posait sur eux un regard paniqué.

— Qui... qui êtes-vous ? demanda-t-elle d'une voix tremblante.

Les enfants la regardèrent avec curiosité. Rob, quant à lui, s'éclaircit la gorge.

— Euh... Vous ne croyez pas que ce serait plutôt à nous de vous poser la question ? Après tout, vous êtes chez nous, ici, que je sache.

— Oh !

Elle rougit violemment, ce qui fit paraître ses cheveux blonds encore plus clairs. Pendant ce temps, Cathy tirait violemment sur la chemise de Rob pour attirer son attention.

— Papa, murmura-t-elle à voix basse, c'est Boucle d'Or !

Abasourdi, Rob reporta son regard sur la visiteuse inattendue.

— Est-ce que les ours vous ont chassée jusqu'ici ? demanda Michael de sa petite voix fluette.

— Mais non, t'es bête ! intervint Cathy. C'est nous, les ours ! Hein, papa ?

Rob ne put retenir un sourire. Il avait dit à ses enfants qu'ils allaient être les trois ours de la forêt, ce week-end ; sa plaisanterie avait de toute évidence frappé l'imagination des petits.

— Allons, Cathy, c'est un conte de fées, rien de plus. Tu devrais aller finir de ranger les provisions dans la cuisine avec ton frère pendant que je discute avec notre invitée, veux-tu ?

14

— Mais papa, elle a mangé nos pâtes, s'est assise sur ta chaise et a dormi dans ton lit, juste comme Boucle d'Or !

— Ma chérie, Boucle d'Or a dormi dans le lit de Bébé Ours, pas dans celui de Papa Ours, souligna-t-il.

— Peut-être qu'elle s'est trompée.

La fillette sourit à la jeune femme.

— Ne vous inquiétez pas. Nous ne sommes pas vraiment des ours.

L'inconnue lui adressa un sourire timide avant de poser un regard gêné sur son père.

Rob le savait, il n'y avait qu'un seul moyen d'éloigner les enfants un moment.

— Et si vous alliez prendre des cookies avec du lait ? Je vous rejoins dans cinq minutes.

Sur un « Hourra ! » enthousiaste, Michael prit sa sœur par la main et l'entraîna vers l'escalier.

Une fois qu'il fut certain qu'ils étaient hors de portée de voix, Rob se retourna vers l'inconnue.

— Eh bien ?

— Euh... je... ma voiture est tombée dans un fossé.

Rob ouvrit de grands yeux.

— Où ça ?

— Je ne sais pas, gémit-elle.

Elle semblait très lasse, tout à coup, effrayée, et sur le point d'éclater en sanglots.

— J'ai eu l'impression de marcher pendant des kilomètres, mais c'est peut-être à cause du froid que ça m'a semblé si long, poursuivit-elle. La route était glissante à cause de la neige, et ma voiture a dérapé. Comme aucun véhicule ne semble passer sur cette route, j'ai préféré marcher que d'attendre en vain que quelqu'un vienne à mon secours. Je pensais que j'allais mourir. Et c'est alors que je suis arrivée ici...

De grosses larmes se mirent à rouler sur ses joues pâles.

— C'est une chance que vous n'ayez pas gelé sur place, grommela Rob d'un ton bourru, espérant dissimuler l'émotion que la détresse de cette magnifique jeune femme éplorée éveillait en lui. Où sont vos vêtements ? ajouta-t-il.

— Je... je les ai pendus sur le séchoir, dans le dressing, avoua-t-elle. La neige était passée à travers et je craignais d'attraper une pneumonie.

Rob alla jeter un coup d'œil ; effectivement, il trouva sur le séchoir un jean, un T-shirt, un pull et des sous-vêtements. Le tout était encore trempé.

S'arrachant à la contemplation du soutien-gorge de dentelle et du slip assorti, Rob réfléchit très vite. Il devait absolument trouver des vêtements à sa visiteuse, sans quoi elle allait le rendre fou...

Il trouva dans son placard un T-shirt, un caleçon, un jean et des chaussettes, et il apporta le tout à la jeune femme.

— Ce sera trop grand pour vous, mais mieux que rien, déclara-t-il. Dès que vous serez habillée, je vous conduirai à Jackson. C'est la ville la plus proche.

Et, sur ce, il sortit de la pièce avant qu'elle ait pu protester ou dire quoi que ce fût.

2.

Jessica regarda durant quelques secondes la porte qui venait de se refermer sur l'inconnu. Puis elle reporta son attention sur les vêtements qu'il avait jetés sur le lit.

Après un autre coup d'œil inquiet vers la porte, elle lâcha le drap, qu'elle tenait serré contre elle, et s'empressa d'enfiler le T-shirt. Presque aussitôt, elle se sentit mieux.

Pourtant, en d'autres circonstances, se retrouver nue en présence d'un inconnu aurait pu se révéler plutôt agréable...

Elle chassa aussitôt cette pensée déplacée. Certes, l'homme était séduisant, elle ne pouvait le nier ; mais elle n'était pas intéressée. Elle avait bien d'autres problèmes à régler, et, de surcroît, il avait visiblement hâte de se débarrasser d'elle.

Ce qu'elle comprenait parfaitement. Comment aurait réagi l'épouse de l'inconnu si elle avait trouvé Jessica ainsi, nue dans leur lit ? La jeune femme n'avait pas réfléchi à cela lorsqu'elle était entrée pour se réchauffer.

Le caleçon était bien trop grand, tout comme le jean, mais en récupérant sa ceinture, elle parvint à les faire tenir décemment. Il ne lui restait plus qu'à rouler le bas du pantalon pour pouvoir marcher... Les chaussettes en laine que l'homme avait jointes au tout étaient bien chaudes, et très agréables. Il ne lui restait plus qu'à passer l'épais sweat-shirt qu'elle voyait sur le dossier de cette chaise, là-bas, pour être parfaitement bien.

Cela fait, elle s'employa à refaire le lit. Même dans l'état d'épuisement où elle était en arrivant, elle avait remarqué que la chambre était impeccablement ordonnée, et il aurait été fort ingrat de sa part de ne pas la laisser aussi bien rangée qu'elle l'avait trouvée.

Avec un soupir, elle rassembla ensuite ses propres vêtements en une petite pile, puis, ramassant ses chaussures et son sac, elle descendit au rez-de-chaussée. Les deux enfants étaient debout au pied des marches et la regardaient avec fascination.

— Où est votre papa? leur demanda-t-elle en souriant.

— Au téléphone, répondit la petite fille.

Au même instant, son hôte apparut sur le seuil de la cuisine, un combiné téléphonique coincé entre son oreille et son épaule.

— Quoi? disait-il, les sourcils froncés. Mais Jack, bon sang...

Après une brève pause, il ajouta :

— Oui, merci d'avoir appelé.

Puis il raccrocha. Il semblait d'une humeur massacrante, et Jessica se mordit la lèvre. Le moment semblait mal choisi pour lui parler.

— Euh... je suis prête, annonça-t-elle d'une toute petite voix.

— Nous n'irons nulle part, grommela-t-il en se mettant à arpenter le vestibule de long en large.

Une vague d'inquiétude envahit la jeune femme.

— Mais... mais pourquoi?

— Est-ce qu'elle va rester avec nous? demanda la petite fille d'une voix pleine d'excitation.

L'homme ne lui répondit pas et s'adressa directement à Jessica.

— J'ai vérifié dehors : la neige tombe de plus en plus fort et n'a pas l'air de vouloir s'arrêter. Par ailleurs, mon voisin vient juste d'appeler, et il paraît qu'ils ont partiellement fermé l'autoroute. Nous allons être obligés d'attendre que la tempête soit passée.

Sans un mot de plus, il lui tourna le dos et rentra dans la cuisine.

— Hé, attendez ! s'écria Jessica lorsqu'elle eut repris ses esprits.

Elle se dirigea à son tour vers la cuisine, les deux enfants sur ses talons.

— Excusez-moi, commença-t-elle, mais pourriez-vous vous montrer un peu plus précis ? Combien de temps cela peut-il prendre ?

— Je n'en sais rien. Je n'ai pas écouté la météo. Une chose est sûre : pour l'instant, le seul moyen pour nous de joindre le reste du monde est le téléphone.

Il s'interrompit, puis ajouta, comme pour la rassurer :

— Mais ça va, nous avons largement de quoi manger.

Jessica serra machinalement son sac à main contre elle tout en réfléchissant à la situation. Elle était prisonnière... mais sa geôle était bien plus agréable que celle qu'elle avait fuie, songea-t-elle.

Plus détendue, elle sourit à son hôte.

— Je suis vraiment désolée de m'imposer à vous ainsi. Mais, bien sûr, je vous paierai pour ma pension aussi longtemps que je resterai ici...

Son interlocuteur plissa les yeux d'un air perplexe.

— Vous n'avez pas l'air très contrariée, observa-t-il.

Contrariée ? Non, en vérité, elle était même soulagée. Mais elle n'avait pas l'intention de le lui révéler ! Qu'irait-il s'imaginer ?

— A quoi bon pleurer et tempêter contre quelque chose qu'on ne peut changer? déclara-t-elle, philosophe, sans se départir de son sourire.

— Je pensais que vous auriez hâte de vous en aller d'ici.

L'homme ne paraissait guère satisfait de sa réaction, et elle se hâta de rectifier le tir.

— Naturellement, ce n'est pas très pratique, mais...

— Vous ne travaillez pas? Personne ne vous attend? Peut-être qu'on pourrait faire venir un hélicoptère, dès que la neige se sera un peu calmée.

Les yeux de Jessica s'agrandirent. Elle n'avait pas pensé à cela... Il lui faudrait garder secret l'endroit exact où elle se trouvait, sans quoi son père enverrait le pilote de la famille la chercher!

— Allons, cela semble un peu exagéré, non? dit-elle en s'efforçant de prendre un ton naturel. A moins que cela ne vous pose un gros problème d'avoir de la compagnie pendant un jour ou deux? Est-ce que votre femme...

— Nous n'avons pas de femme, intervint aussitôt Cathy.

Jessica ne put s'empêcher d'éclater de rire.

— Tant mieux, parce que tu m'as l'air bien jeune! observa-t-elle.

La fillette rit à son tour, mais son père ne semblait pas partager leur hilarité. Sa rigidité irrita Jessica, qui se tourna vers lui.

— Puisque nous allons devoir passer quelque temps ensemble, le mieux serait que nous nous présentions, déclara-t-elle. Je m'appelle Jessica Barnes.

Pendant un instant, son interlocuteur parut hésiter à lui révéler quoi que ce fût à propos de ses enfants et de lui. Enfin, cependant, il annonça:

— Je suis Rob Berenson, et voici mes enfants, Cathy et Michael.

— Cathy, c'est moi, précisa l'intéressée.

— Nous pourrons probablement vous ramener en ville dès demain, si la neige cesse de tomber, reprit Rob.

Tout en parlant, il avait passé un bras protecteur autour des épaules de Cathy. Cette attitude agaça Jessica.

— Cela vous rassurerait-il si je vous disais que je ne suis ni une criminelle ni une dangereuse psychopathe ? Je ne ferai pas de mal à vos enfants, n'ayez aucune crainte.

— Je ne m'inquiète pas pour mes enfants, répondit-il d'une voix étrangement rauque, qui amena aussitôt des images parfaitement déplacées à l'esprit de Jessica.

— Dans ce cas, c'est peut-être pour vous que vous avez peur ? Peut-être que si je vous promettais de ne pas vous kidnapper, vous vous montreriez plus détendu ?

Rob Berenson plongea son regard dans le sien.

— Peut-être est-ce vous qui avez besoin d'être rassurée, mademoiselle Barnes...

Rob bouillonnait. Comment cette femme osait-elle le titiller ainsi ? Elle paraissait presque soulagée d'être bloquée ici avec lui. C'était... choquant.

Cependant, en la voyant pâlir, il se reprocha son manque de manières.

— Peut-être devrions-nous essayer de prendre la route quand même, grommela-t-il.

— Mais papa, il neige encore ! s'exclama Cathy en pointant du doigt vers la fenêtre. Et nous n'arrêtions pas de glisser sur la route, en revenant du supermarché, tu te souviens ?

Rob réprima un soupir.

— Oui, tu as raison, admit-il. Bon, mademoiselle Barnes, si vous voulez téléphoner, n'hésitez pas.

— Merci, mais il n'y a pas d'urgence. J'appellerai plus tard.

De nouveau, Rob fronça les sourcils. Pourquoi refusait-elle de passer un coup de téléphone ? Il lui paraissait étrange qu'elle n'eût envie de contacter personne. Il secoua la tête. Il avait quitté son travail. Ce genre de choses ne le concernait plus.

— Je suis désolée de vous déranger ainsi... mais allons-nous manger bientôt ? demanda Jessica au bout de quelques secondes d'un silence embarrassé. Je meurs littéralement de faim.

— Mais vous avez mangé toutes les pâtes ! souligna Michael d'un ton de reproche.

La jeune femme se mordit la lèvre d'un air un peu gêné.

— Oui, pardon. J'espère que vous ne m'en avez pas trop voulu, mais j'avais sauté le déjeuner, et...

Cathy lui serra affectueusement la main.

— C'est pas grave, on ne vous en veut pas parce que papa nous a laissés manger un cookie à la place.

— Oh, tant mieux.

Avec étonnement, Rob constata qu'elle paraissait réellement soulagée.

Au même instant, elle se retourna et le surprit en train de la regarder. Avec un sourire dévastateur, elle demanda :

— Soixante-quinze par jour, est-ce suffisant ?

Il la fixa sans comprendre.

— Pardon ?

— Est-ce que soixante-quinze dollars par jour suffiront à payer ma pension ?

Elle souriait toujours, comme si ce qu'elle venait de proposer était parfaitement naturel.

— Non.

Sans se départir de son sourire, elle haussa un sourcil.

— Très bien. Cent, alors ?

Rob plissa les yeux, plus intrigué que jamais. Cela ne paraissait pas ennuyer le moins du monde l'inconnue de jeter l'argent par les fenêtres.

— Vous avez donc de l'argent à perdre ? demanda-t-il.

Elle se raidit perceptiblement.

— Je cherche seulement à négocier le prix de mon séjour.

— Négocier ? En augmentant constamment le prix que vous proposez ? On ne vous a visiblement jamais appris à marchander ! Ni à vous montrer courtoise. Ignorez-vous donc les règles les plus élémentaires de l'hospitalité ? C'est nous faire offense que de nous proposer de l'argent !

Jessica rougit jusqu'à la racine des cheveux.

— Je... je cherche seulement à être juste. Après tout, vous n'avez pas souhaité ma compagnie, et il est normal que je vous dédommage.

— Eh bien, si vous voulez être juste, donnez donc votre argent à une œuvre de charité. En attendant, vous serez notre invitée jusqu'à ce que nous puissions vous ramener en ville. Ce qui ne tardera pas trop, j'espère, ajouta-t-il à mi-voix.

— Je suis désolée que ma présence vous soit aussi détestable, observa-t-elle, glaciale. Peut-être voudriez-vous que je m'installe dans un placard jusqu'à ce que la neige ait fondu ?

— Ne soyez pas ridicule. Demain, c'est Thanksgiving ; je pensais simplement que vous aimeriez être de retour auprès de votre famille pour le déjeuner traditionnel.

Il se détourna et ouvrit le réfrigérateur.

— Poulet frit, ce soir ! annonça-t-il, mettant délibérément un terme à cette conversation tendue.

Jessica regarda son hôte sortir les morceaux de poulet déjà cuits d'une boîte en carton et les placer sur une assiette.

— Nous avons acheté le repas tout prêt chez le traiteur, expliqua-t-il.

— Tant mieux, car je ne sais pas si j'aurais pu attendre bien longtemps, avoua-t-elle, tandis que son estomac grognait comme pour appuyer ses dires.

— On dirait Michael, observa son interlocuteur. Il est toujours affamé. Pas vrai, mon grand ?

L'intéressé hocha vigoureusement la tête avant de se dissimuler derrière la jambe de son père d'un air timide.

Jessica fronça les sourcils.

— Et normalement, qui vient faire la cuisine et le ménage ?

Un sourire sarcastique étira les lèvres fermes de son hôte.

— Mais, c'est moi qui m'en occupe ! Vous savez, ce n'est pas un palais...

— Je pensais juste... non, rien. Vous avez raison, bien sûr.

A cet instant, Cathy, qui était debout à côté de la chaise de Jessica, tendit la main vers ses boucles blondes et les caressa doucement.

— Vous avez des cheveux incroyables ! s'exclama-t-elle avec envie.

— Merci, Cathy. Mais toi aussi, tu as de beaux cheveux, et j'aime bien tes couettes.

— C'est papa qui me les a faites, expliqua Cathy, mais il ne sait pas très bien.

— Si tu veux, je pourrai t'apprendre à te tresser les cheveux toi-même.

Le petit visage de la fillette s'illumina.

— C'est vrai? Papa, tu as entendu ça? Jessica va m'apprendre à me tresser les cheveux!

— Très bien, répondit Rob d'un air vaguement indifférent. Bon, Michael, Cathy, pouvez-vous mettre la table? Le dîner est presque prêt. Les couverts sont dans le tiroir, de l'autre côté du lave-vaisselle.

— Je vais vous aider! déclara aussitôt Jessica.

Elle aurait volontiers proposé de lui donner un coup de main pour préparer le dîner, mais elle s'en sentait incapable. Depuis toujours, elle avait eu des domestiques pour accomplir toutes les tâches ménagères à sa place, et elle n'était pas sûre d'être capable de se débrouiller seule, à présent.

Cathy, visiblement ravie, la conduisit par la main jusqu'au tiroir mentionné par son père. Jessica l'ouvrit et commença à en sortir des fourchettes.

— Ça fait beaucoup trop! s'exclama la fillette, qui la regardait faire. Regardez, il y en a huit alors que nous ne sommes que quatre!

Embarrassée, Jessica se hâta de reposer les petites fourchettes qu'elle avait prises pour la salade. Chez elle, on sortait l'argenterie même pour le petit déjeuner; et il n'aurait jamais été question de garder la même fourchette pour l'entrée et le plat principal...

— Cathy compte très bien, observa Rob avec douceur.

Jessica leva les yeux vers lui et croisa son regard posé sur elle. Il savait, comprit-elle aussitôt. Honteuse, elle s'empressa de détourner la tête.

— Euh... les serviettes?

— Ça, c'est le travail de Michael, intervint Cathy.

— Dans la remise, mon chéri.

Le petit garçon courut à la remise et revint bientôt avec un paquet de serviettes en papier. Il en posa une à côté de chaque assiette.

— Papa, où sont les verres ? demanda Cathy.

— Je m'en occupe.

Jessica fronça les sourcils en regardant son hôte prendre quatre verres dans le placard.

— Comment se fait-il que vos enfants ne sachent pas où se trouvent les choses ? Je croyais que nous étions chez vous, ici !

Soudain, des visions d'horreur se bousculaient dans sa tête. Et si Rob Berenson avait enlevé ses enfants à leur mère ?

— Cette maison m'appartient, en effet, acquiesça Rob, mais nous n'y vivons pas à longueur d'année. Je m'en sers surtout lorsque je viens pêcher, et là, exceptionnellement, j'ai décidé d'y amener les enfants pour fêter Thanksgiving en famille.

Sous-entendait-il que la présence de Jessica bouleversait tous ses plans ?

— Je n'avais pas l'intention de vous déranger, souligna-t-elle avec raideur.

Il lui adressa un étrange sourire en coin et haussa les épaules d'un air fataliste.

— Allez, à table ! lança-t-il en guise de réponse.

L'instant d'après, ils étaient tous quatre installés devant leurs assiettes. Après avoir servi l'entrée, une salade de pommes de terre, Rob indiqua aux enfants qu'ils pouvaient commencer ; Jessica ne se fit pas prier pour les imiter.

— C'est délicieux ! s'exclama-t-elle.

— Oh, ce n'est sans doute pas le genre de choses que vous avez l'habitude de manger, observa Rob. On ne peut pas dire que ça ressemble vraiment à du caviar...

— C'est quoi, du caviar, papa ? coupa Cathy.

— Ce sont des œufs de poisson, ma chérie.

— Des *quoi* ? Beurk ! Et il y a vraiment des gens qui mangent ça ?

— Est-ce que les poissons font des nids, papa ? demanda le petit Michael.

Jessica dégustait sa salade, laissant son compagnon répondre aux questions des enfants. Cathy, cependant, n'avait pas l'intention de la laisser s'exclure de la conversation aussi aisément.

— Est-ce que vous aimez les œufs de poissons, Jessica ?

— Pas trop, mais il m'est déjà arrivé d'en manger.

— Et toi, papa ?

— Oui.

— Est-ce que nous allons être obligés d'en manger aussi ?

— Pas si tu n'en as pas envie, la rassura Jessica. Tu sais, Cathy, le caviar est très cher, et la plupart des gens ne t'en voudront pas de ne pas en prendre.

— Est-ce que c'est aussi cher que le poulet ? demanda Michael en portant avec gourmandise une cuisse dorée à ses lèvres.

— Plus, affirma Rob en souriant au garçonnet.

— Alors, je pourrai avoir une deuxième cuisse de poulet, plutôt ?

Rob éclata de rire.

— D'accord. Avec ton appétit, je crois que je me ruinerais si je te nourrissais de caviar !

Ils ne parlèrent plus guère durant le reste du repas. Jessica était heureuse de pouvoir manger en silence : jamais elle n'avait eu aussi faim de sa vie. En vérité, depuis son arrivée dans la cabane, elle avait l'impression que toutes ses sensations étaient exacerbées, extrêmes.

— Tu veux encore un peu de poulet, Jessica ? demanda Cathy au bout d'un moment, passant naturellement au tutoiement.

— Non, merci, ma chérie. C'était très bon, mais j'ai assez mangé.

— Oui, c'était meilleur que le poulet frit de papa! dit la fillette en pouffant. Est-ce que tu sais faire du poulet frit, Jessica?

— Euh... Je n'ai jamais essayé, avoua la jeune femme.

— Et des cookies? intervint Michael d'un air gourmand.

Jamais Jessica ne s'était sentie aussi inutile, incapable. Par chance, Rob vint la tirer de ce mauvais pas.

— Assez, les enfants. Jessica ne postule pas pour devenir gouvernante; c'est notre invitée. Et je ne crois pas qu'elle ait l'habitude de s'occuper d'elle-même, sans parler de s'occuper d'autres gens!

Ce n'était pas une question. Cependant, le regard que Rob posait sur elle était interrogateur, lui.

Eh bien, tant pis. Elle n'avait pas l'intention de lui avouer quoi que ce fût! Elle savait d'expérience que parler de son problème ou de son père ne la mènerait nulle part, et ne ferait que créer des difficultés supplémentaires.

Feignant l'innocence, elle se contenta donc d'adresser un large sourire à son hôte.

— Je vous aide à débarrasser?

3.

— Eh bien, ai-je tort ? demanda Rob sans quitter Jessica des yeux ni faire mine de se lever.

— Je ne sais pas de quoi vous voulez parler, affirma-t-elle.

Elle n'avait pas l'intention de révéler à quiconque qu'elle était issue d'une riche famille. Elle avait durement appris combien l'argent était important, pour certains, et ne souhaitait pas prendre de risques. Après tout, elle ne connaissait Rob Berenson que depuis une heure à peine.

Il n'insista pas davantage ; en revanche, il aborda un autre sujet pénible.

— Pendant que les enfants et moi faisons la vaisselle, je vous suggère d'appeler votre famille pour dire où vous êtes et que vous allez bien.

— Non ! Euh... il n'est pas question que je vous laisse faire la vaisselle, affirma-t-elle.

— Nous n'avons pas besoin d'aide.

— Oh, si, papa ! intervint Cathy. Jessica peut nous aider à débarrasser la table, puisqu'elle l'a proposé. Moi, j'aime bien qu'on m'aide.

— Tu devrais l'appeler Mlle Barnes, Cathy, souligna son père, grondeur.

— Non ! s'exclama précipitamment Jessica. Cela me fait

29

plaisir que Cathy et Michael m'appellent par mon prénom et me tutoient. Vraiment.

— Et moi, alors ? Je ne peux pas vous appeler Jessica aussi ? demanda-t-il, la prenant par surprise.

Non seulement il la taquinait, mais ses mots étaient accompagnés d'un sourire, constata Jessica avec étonnement. L'ours s'amadouait, semblait-il !

— Bien... bien sûr, balbutia-t-elle, plus émue qu'elle ne l'aurait voulu par ce sourire.

— Parfait. Et vous m'appellerez Rob, naturellement.

Là-dessus, ils se levèrent tous les quatre et entreprirent de ranger et de nettoyer la cuisine dans une atmosphère bon enfant.

Jessica était heureuse de voir Rob détendu, et soulagée qu'il ait cessé d'insister pour qu'elle téléphone à sa famille. Elle n'avait aucune intention de dire à quiconque où elle se trouvait.

— C'est l'heure du bain, les enfants ! annonça Rob lorsque tout eut été nettoyé. Montez à l'étage et sortez vos pyjamas propres. Pendant ce temps, je vais faire couler l'eau.

Les deux petits quittèrent la cuisine. Jessica songea que le moment était bien choisi pour se renseigner un peu sur son hôte.

— Où se trouve la mère des enfants ? s'enquit-elle en guise d'entrée en matière.

— En Amérique du Sud.

Un frisson d'inquiétude courut le long de la colonne vertébrale de Jessica. Lui disait-il la vérité ? Et s'il avait inventé cette histoire après s'être « débarrassé » de son épouse ?

« Allons, je deviens paranoïaque, se dit-elle. Tous les hommes seuls dans les bois ne sont pas des maniaques et des assassins ! »

— En Amérique du Sud? répéta-t-elle.

— Oui. Son mari y a été envoyé pour son travail.

— Comme c'est commode..., ne put-elle s'empêcher d'observer.

Rob fronça les sourcils et la regarda droit dans les yeux.

— Que suis-je censé comprendre?

— Que cette explication est un peu difficile à vérifier, voilà tout.

Un lent sourire vint remplacer l'expression perplexe qui s'était peinte sur les traits de son interlocuteur.

— Je vois... vous me soupçonnez de quelque mauvaise action, c'est ça? Vous vous imaginez que j'ai enterré ma pauvre épouse dans le jardin avant d'enlever les enfants?

Jessica se raidit. Il se moquait d'elle!

— C'est déjà arrivé, figurez-vous. Comment se fait-il que les enfants soient à votre garde? Vous avez gagné votre procès de divorce?

— Pas vraiment. Ma femme et moi avons divorcé gaiement elle s'est remariée gaiement et ensuite elle a gaiement déménagé en Amérique du Sud, me laissant la garde de nos enfants.

— Personne ne divorce gaiement.

— Vous regardez trop la télévision, Jessica! A présent, excusez-moi, mais il faut que je monte m'occuper du bain des petits. Pendant ce temps, appelez votre famille. Et n'oubliez pas de leur dire que vous êtes bloquée ici avec un dangereux psychopathe!

C'était presque un ordre, constata-t-elle en le suivant du regard tandis qu'il se dirigeait vers la porte de la cuisine. Décidément, cet homme était un dictateur! Comme son père...

Sauf que, cette fois, son père était allé trop loin, songea-t-elle, rembrunie.

Elle s'assit à la table de la cuisine et sortit une lettre de son sac à main. Une lettre de sa mère à son père, datant de plus de vingt ans, qui avait été remisée au grenier à la mort de Mme Barnes, sept ans plus tôt.

Lentement, elle déplia le papier jauni, relisant pour la énième fois les mots passionnés. Lorsqu'elle avait découvert cette lettre, la semaine précédente, elle avait aussitôt compris que quelque chose n'allait pas.

Jessica n'était pas amoureuse.

Pas comme sa mère l'avait été de son père lorsqu'elle lui avait écrit ces mots. Pas comme une femme devrait l'être de l'homme avec qui elle était censée s'engager pour la vie. Pas « pour toujours »...

Pourtant, elle était sur le point de se fiancer.

Lorsqu'elle avait compris cela, elle avait couru voir son père, sûre qu'il la soutiendrait ; elle lui avait apporté la lettre qu'elle avait trouvée.

Mais John Barnes s'était déclaré agacé de sa « sensiblerie » et avait balayé ses inquiétudes d'un geste de la main, affirmant que ce n'étaient que de classiques doutes de dernière minute. Il avait souligné combien Stephen s'entendait bien avec la famille, combien il s'occupait d'elle avec tendresse, combien il avait envie de l'épouser...

Jessica se leva et se dirigea machinalement vers le pied de l'escalier, attendant que Rob réapparaisse tout en réfléchissant à la réponse de son père. Elle aurait aimé croire qu'en l'incitant à épouser Stephen, il ne songeait qu'à son bien-être, mais des indices la poussaient à penser qu'il y avait autre chose. John Barnes avait été d'une humeur massacrante, ces derniers temps ; jusqu'au moment où Stephen était entré en scène. Dès lors, le père de Jessica avait paru soulagé...

Certes, Stephen était bien l'homme charmant que décrivait John Barnes. Mais il y avait chez lui quelque chose qui gênait Jessica. Il était... presque trop parfait. Comme s'il n'était pas vraiment lui-même.

Cela n'avait plus d'importance, de toute façon. Dès qu'elle avait compris qu'elle n'aimait pas vraiment Stephen, elle avait décidé de ne pas l'épouser, quoi qu'en dise son père.

Ce dernier, lorsqu'elle lui avait annoncé son désir d'annuler la fête organisée le vendredi suivant en l'honneur de ses fiançailles, lui avait ri au nez. Quant à Stephen, il n'avait pas paru traumatisé outre mesure lorsqu'elle lui avait téléphoné pour renoncer à leur engagement.

— Mais tu sais que je t'aime, avait-il souligné.

— Le problème, c'est que moi je ne t'aime pas vraiment, avait-elle répondu avec douceur mais fermeté.

— C'est absurde, Jessica. Nous nous entendons parfaitement bien, tous les deux...

— Cela ne suffit pas à faire un mariage heureux.

— Bien sûr que si ! Nous souhaitons les mêmes choses : fonder une famille, la sécurité...

— Stephen, je romps nos fiançailles, avait-elle articulé avec un profond soupir. Je ne t'épouserai pas. Point final.

Avec une dureté qu'elle n'avait encore jamais entendue dans sa voix, Stephen avait répondu :

— Jessica, tu déraisonnes. J'ai eu ton père au téléphone tout à l'heure, et il m'a assuré que la soirée aurait lieu comme prévu. Nos fiançailles vont y être annoncées publiquement...

Sans un mot de plus, Jessica lui avait raccroché au nez.

Les rares fois où, par le passé, elle s'était opposée à son père, elle avait pu constater sa détermination. Aussi avait-elle décidé de partir sans le prévenir, afin qu'il ne pût la retenir.

En conséquence, il lui avait été impossible de prendre des bagages : cela aurait éveillé les soupçons des employés de la maison. Elle s'était donc contentée de monter dans sa voiture, de passer à la banque retirer du liquide, et de s'enfuir.

Elle avait bien l'intention de rester cachée au moins jusqu'au lendemain de la fameuse soirée de fiançailles.

Elle entendit des pas dans l'escalier et sortit de sa rêverie.

— Déjà fini? demanda-t-elle à Rob.

— Ça fait une bonne demi-heure que je suis là-haut, observa-t-il. Si je les avais laissés tremper plus longtemps, ils auraient été tout fripés! Vous avez passé votre coup de fil?

— Oui, oui, affirma-t-elle sans le regarder.

— J'ai oublié de vous donner le numéro d'ici. Voulez-vous rappeler chez vous pour dire comment vous joindre?

— Ce n'est pas nécessaire. Ils ne s'inquiètent pas pour moi.

— Ils devraient, pourtant.

Jessica tressaillit et leva les yeux vers son interlocuteur.

— Que voulez-vous dire?

— Jessica, vous êtes une très jolie jeune femme, issue d'une famille plus qu'aisée. Par ailleurs, je vous crois assez naïve. Ne pensez-vous pas qu'il y a là de quoi inquiéter n'importe quels parents?

— Je n'ai jamais dit que ma famille était aisée! protesta-t-elle.

— Certes. Mais la plupart des femmes ne s'attendent pas à trouver tout un bataillon de domestiques dans une cabane de pêcheurs perdue au fond des bois. Et rares sont celles qui mettent deux fourchettes à table pour manger de la salade de pommes de terre et du poulet frit.

La jeune femme se sentit rougir comme une pivoine à cette évocation de sa maladresse. Pour changer de sujet de conversation, elle observa :

— Je suis en sécurité, ici, avec Cathy, Michael et vous.

Mais les enfants étaient à l'étage, et le regard que Rob posait sur elle en cet instant la poussait à se demander si elle disait vrai.

— Ainsi donc, vous ne pensez pas que je suis un dangereux psychopathe, en définitive? dit Rob en souriant. Tant mieux! Bien, Cathy et Michael s'apprêtent à regarder une vidéo dans ma chambre. Vous voulez voir *Cendrillon* avec eux?

— Oui, pourquoi pas? C'est un de mes dessins animés préférés.

Le sourire de Rob s'élargit.

— J'aurais dû me douter que Boucle d'Or aimait Cendrillon. On reste dans le domaine du conte de fées, pas vrai?

Ses taquineries rassurèrent Jessica qui, le cœur soudain plus léger, monta en courant au premier. Cependant, elle faillit trébucher lorsqu'elle l'entendit crier derrière elle:

— Voulez-vous que j'appelle votre famille? Je pourrais rassurer vos parents et leur laisser mon numéro de téléphone...

Sans se retourner, elle répondit:

— Non, ce n'est pas nécessaire. Je vous promets qu'ils ne sont pas inquiets.

Et là-dessus, elle disparut sans demander son reste.

Lorsqu'elle ouvrit la porte de la chambre de Rob, elle trouva les deux enfants côte à côte sur le lit. Dès qu'elle la vit, Cathy esquissa un large sourire et se poussa pour lui faire une place. Emue, Jessica s'installa entre eux et ils vinrent aussitôt spontanément poser leur tête sur sa poitrine.

Tandis que la musique du générique montait dans la pièce, Jessica songea qu'elle n'avait pas passé une soirée aussi agréable depuis bien longtemps. Même si elle se demandait ce que Rob pouvait bien être en train de faire, en cet instant...

✻✻

Assis à la table de la cuisine, Rob essayait de composer un menu pour le déjeuner de Thanksgiving, le lendemain. Ce qui n'était pas évident... Avait-il bien fait d'emmener les enfants ici ? se demanda-t-il pour la millième fois. Jusqu'alors, il avait répondu oui. Mais à présent que Boucle d'Or était entrée par effraction dans leur vie, il n'en était plus aussi sûr ! Il n'y avait rien de tel qu'une jolie femme pour tout embrouiller. Hélène de Troie, Cléopâtre... l'histoire ne manquait pas d'exemples.

Mais il n'allait pas se laisser perturber par Jessica. Il était ici pour raffermir le lien qui l'unissait à ses enfants, et il comptait bien mener cette mission à bien.

Durant les quatre années qui venaient de s'écouler, cela n'avait pas été facile, à cause de son travail. C'était ce dernier, également, qui avait poussé sa femme à demander le divorce... Au départ, elle s'était imaginé qu'épouser un agent du F.B.I. serait romantique, mais elle avait vite déchanté lorsqu'elle s'était rendu compte qu'elle passerait plus de temps seule qu'avec lui.

Leur mariage avait tenu deux ans. Ensuite, peu après la naissance de Michael, son épouse lui avait avoué qu'elle avait rencontré quelqu'un d'autre, et qu'elle ne supportait plus la vie qu'elle menait auprès de lui.

Lorsque, la semaine précédente, elle l'avait appelé pour lui signaler qu'elle partait pour l'Amérique du Sud avec son second mari, il avait été fort surpris. Et quand, dans la foulée, elle lui avait annoncé qu'elle était prête à lui laisser la garde des petits, il n'en avait pas cru ses oreilles...

Sans même réfléchir, il avait répondu oui. Il sentait que ce serait sa seule chance de voir grandir ses enfants, de se rapprocher d'eux, enfin. Il savait que, dans le cadre de son métier, il avait aidé beaucoup de monde et fait beaucoup de bien ; et malgré cela, il n'avait pas hésité à l'abandonner sur-le-champ pour saisir l'opportunité que lui offrait son ex-femme.

Dix jours plus tôt, il avait infiltré un groupuscule mafieux à Chicago ; aujourd'hui, il planifiait des menus de Thanksgiving au fond des bois... La vie vous réservait parfois d'étranges surprises.

Cependant, sa reconversion s'était bien passée. En fait, tout avait été parfait — jusqu'au moment où Boucle d'Or était apparue.

Déjà, il se sentait attiré par cette femme. Quel homme digne de ce nom ne l'aurait pas été ? Or il n'y avait pas de place pour elle dans leur vie. Il n'avait pas l'intention de laisser de vils désirs sexuels gâcher ses retrouvailles avec ses enfants.

Bon, le film devait être terminé, à présent ; il était temps d'aller coucher les petits.

A l'étage, il s'immobilisa sur le seuil de sa chambre, frappé par le spectacle qui s'offrait à lui. Jessica était allongée sur le lit, et les deux enfants s'étaient roulés en boule contre elle, un de chaque côté. On eût dit que c'était là leur place naturelle, prévue de toute éternité...

Enfin, le film se termina, et Cathy battit des mains, rompant la magie de l'instant et ramenant Rob à la réalité.

— C'était super ! s'exclama-t-elle.

— Maintenant, c'est l'heure d'aller au lit, annonça Rob d'une voix un peu bourrue en entrant dans la pièce.

— Je vais rembobiner la cassette pendant que vous coucherez Cathy et Michael, proposa Jessica.

— Très bien. Allez, les enfants, en route !

— Oh, papa, est-ce que Jessica peut venir faire la prière avec nous ? Comme une vraie famille, avec une maman et un papa ? S'il te plaît ? demanda Cathy d'une voix suppliante.

Rob fronça les sourcils, inquiet. Si les enfants commençaient à fantasmer sur une relation entre Jessica et lui, où allait-on ?

— Ça me ferait très plaisir, si cela ne vous ennuie pas, intervint la jeune femme.

— Non, bien sûr, répondit-il en étouffant un soupir.

Quelques minutes plus tard, tous quatre s'installaient dans la chambre des enfants. Ce fut Michael qui récita la prière, avant de se coucher sagement.

Lorsque Jessica se pencha vers lui pour l'embrasser, le petit garçon sourit d'un air béat.

— Tu sens bon, dit-il, et tu as la peau toute douce, comme une vraie maman. Est-ce que tu es une vraie maman?

Rob sentit son cœur se serrer, mais ne dit rien. Jessica sourit au petit garçon.

— Je suis un peu comme une maman parce que je suis une femme, expliqua-t-elle, mais moi, je n'ai pas encore d'enfants.

— Et tu n'en veux pas? s'enquit le garçonnet.

Visiblement un peu embarrassée, la jeune femme lui ébouriffa les cheveux.

— Je ne sais pas. En tout cas, une chose est sûre : si j'en avais, j'aimerais qu'ils vous ressemblent, à ta sœur et à toi!

— Bon, il est temps de dormir, à présent, intervint Rob.

Il se pencha et embrassa son fils, respirant au passage le parfum de Jessica qui flottait encore au-dessus du petit lit, puis il attendit que Jessica ait embrassé Cathy pour faire de même.

Lorsqu'ils furent sortis de la chambre, Jessica parut soudain nerveuse.

— Je vais aller ranger la cassette, déclara-t-elle avant de s'éloigner à grandes enjambées.

Réprimant un soupir, il la suivit dans la chambre. C'était le dernier endroit où il avait envie de la voir, mais elle avait été plus rapide que lui...

En entrant dans la pièce, il vit que la télévision diffusait des informations. Cependant, il n'y prit pas vraiment garde.

— Je crois que je vais me coucher, moi aussi, annonça-t-il.

Jessica sursauta en entendant le son de sa voix et s'empressa d'éteindre le téléviseur d'un air coupable. Il remarqua qu'elle était livide, tout à coup.

— Qu'y a-t-il, Jessica ? interrogea-t-il, surpris.

— Rien ! Rien du tout. Je vais y aller, moi aussi.

Il la regarda avec insistance, sourcils froncés.

— Qu'essayez-vous de me cacher, Jessica ?

— Moi ? Mais rien du tout, quelle idée !

Il aurait presque pu la croire. Cependant, des années d'expérience au F.B.I. lui disaient qu'elle mentait. Sans un mot, il tendit le bras vers le téléviseur et le ralluma d'autorité.

A l'écran apparut l'image d'un carambolage de cinq voitures. Rob entendit Jessica pousser un profond soupir.

— Il... il y a eu beaucoup d'accidents à Kansas City, balbutia-t-elle. Je ne supporte pas de regarder ce genre d'images... J'ai horreur des accidents de voiture. Et après ce qui m'est arrivé aujourd'hui...

Elle se détourna de la télévision tout en évitant soigneusement le regard de Rob.

— C'est bizarre, mais je ne vous crois pas, déclara-t-il. Je pense que vous me cachez quelque chose.

— Et quoi ? Que j'ai cambriolé une banque ?

— Non... non, c'est autre chose.

Mais quoi ? De toute évidence, elle avait vu aux nouvelles un reportage qui l'avait terrifiée ou choquée...

La tentation de la prendre dans ses bras et de la serrer très fort contre lui pour la réconforter était presque irrésistible. Cependant, il s'efforça de ne pas bouger d'un millimètre.

— Vous aviez l'air contrarié, souligna-t-il, refusant de lâcher prise.

— Non, non, je suis juste fatiguée, affirma-t-elle. Ce fut une dure journée, pour moi.

Evidemment, elle n'avait pas tort.

— Vous avez raison, j'avais oublié tout ce qui vous était arrivé, aujourd'hui.

D'un geste, il désigna son lit.

— C'est le seul de la maison, avec ceux des enfants. Je suppose que vous n'avez pas envie de le partager avec moi ?

Voyant la jeune femme ouvrir de grands yeux, il sourit.

— Je vous taquinais, ne vous inquiétez pas. Je vais prendre le canapé d'en bas.

— Non, c'est à moi d'y dormir. En plus, il vaut mieux que vous soyez à l'étage. A cause des enfants... Si l'un d'eux se réveille, il sera rassuré de vous trouver.

— Ma foi, vous avez raison. Dans ce cas, je vais vous préparer un lit dans le canapé pendant que vous prendrez la salle de bains.

Il s'interrompit une seconde avant de demander :

— Vous voulez un T-shirt pour la nuit ? J'ai peur de ne rien avoir d'autre à vous offrir.

— Ce sera parfait, si cela ne vous dérange pas.

— Pas de problème !

Il lui tendit un T-shirt avant d'ajouter :

— Je serai en bas, si vous avez besoin de moi.

Dès qu'il fut sorti, Jessica se laissa tomber sur le lit. Elle l'avait échappé belle ! Lorsque Rob était entré dans la pièce, la télévision diffusait sa photo en gros plan ; son père, disait la voix off, proposait une grosse récompense à quiconque pourrait lui indiquer où elle se trouvait.

Certes, Rob paraissait être un homme honnête. Mais aurait-il pu résister à la tentation de révéler à son père qu'il l'hébergeait pour obtenir la récompense ? Elle savait combien l'appât du gain était irrésistible, pour beaucoup...

D'ailleurs, elle était quasiment certaine qu'il y avait une histoire d'argent derrière ses fiançailles. Laquelle, elle l'ignorait encore ; mais elle avait bien l'intention de le découvrir.

Quelques minutes plus tard, elle descendait l'escalier après avoir fait une toilette sommaire lorsqu'elle entendit la voix de Rob. Il était au téléphone dans la cuisine, et paraissait très en colère.

— Non ! Non, Je ne le ferai pas.

Silence.

— Je me moque de ce que vous menacez de faire. Laissez-moi tranquille !

Jessica, inquiète, s'était immobilisée au milieu des marches.

— J'en ai ras-le-bol de la méchanceté, de l'horreur, reprit Rob. Je ne veux plus être impliqué dans tout ça. Je vous l'ai déjà expliqué.

La méchanceté ? *L'horreur ?* De quoi parlait-il ?

— Non. Je vous ai donné tout ce que je possédais pour que vous puissiez continuer ; ça suffit. Maintenant, je veux me consacrer à mes enfants.

Un frisson parcourut Jessica. Dans quel mauvais pas Rob s'était-il donc fourré ?

— Ne me menacez pas, Sims ! Et ne vous avisez pas d'approcher mes enfants.

Là-dessus, il raccrocha avec violence et se mit à marcher de long en large. Elle l'entendait marmonner dans sa barbe tout en arpentant la cuisine comme un lion en cage.

Incapable de résister plus longtemps, elle descendit l'escalier et alla le rejoindre.

— Et vous pensez que, moi, j'ai quelque chose à cacher ? explosa-t-elle.

— Ce n'est pas le cas ? demanda-t-il, très calme soudain.

— Euh... en tout cas, rien de mal, répondit-elle en se maudissant pour son honnêteté, qui l'empêchait de nier purement et simplement. Tandis que vous... Ce n'est pas étonnant que vous vous cachiez ici ! Vous avez mis la vie de vos enfants en danger !

Soudain, elle porta une main à sa bouche.

— Et la mienne aussi, alors, j'imagine ! Que va-t-il nous arriver ?

— Allons, vous êtes complètement folle ! Il ne va rien arriver à mes enfants, ni à vous. Alors, soyez gentille, oubliez la conversation que vous avez entendue et allez vous coucher.

Tout en parlant, il s'était approché d'elle ; instinctivement, elle recula dans le salon et mit le canapé entre eux. Voyant sa réaction, Rob leva les yeux au ciel.

— Ecoutez, ne vous inquiétez pas de ce que vous avez entendu, O.K. ? Nous nous verrons demain matin. Bonne nuit, Jessica.

Et sans un mot de plus, il se dirigea vers l'escalier.

4.

Le lendemain, après une nuit fort agitée, Jessica se réveilla à l'aube. Sentant qu'elle ne pourrait se rendormir, elle décida d'aller se faire un café, et eut la surprise de trouver Rob debout dans la cuisine, une énorme dinde plumée à la main, l'air perplexe.

— Vous ne sauriez pas ce que je pourrais faire de ça, par hasard ? lui demanda-t-il d'un air désemparé.

La jeune femme regarda le volatile en s'efforçant de dissimuler son dégoût. Après la mort de sa mère, son père et elle avaient pris l'essentiel de leurs repas de Thanksgiving au country club ; et elle aurait été bien en peine de dire comment se cuisait un tel animal.

Elle étudia la dinde avec attention, mais l'inspiration ne vint pas.

— Montez vous préparer, je vais réfléchir, suggéra-t-elle.

Un soupir de soulagement échappa à Rob, qui quitta la cuisine sans demander son reste. Moins d'une minute plus tard, elle entendait l'eau de la douche couler dans la salle de bains, à l'étage.

Bon ! A présent, elle était seule avec la dinde. Et n'avait pas la moindre idée de la façon dont il fallait la cuire.

Elle en était là de ses réflexions, lorsque la sonnerie du téléphone retentit. Se remémorant la conversation qu'elle avait surprise la veille, elle se mordit la lèvre. Se pouvait-il qu'il s'agisse de nouveau du mystérieux correspondant qui avait menacé Rob?

Ce dernier, en tout cas, ne paraissait pas entendre la sonnerie... N'y tenant plus, elle tendit la main vers le combiné et décrocha.

— Allô?

Seul le silence lui répondit.

— Allô? répéta-t-elle.

— Rob est-il là? demanda enfin une voix bourrue.

— Oui, il se prépare en haut. Dois-je vous l'appeler?

— Oui.

Déçue de ne pas avoir obtenu davantage d'informations, la jeune femme monta à l'étage et frappa à la porte de la salle de bains. Un grognement lui répondit, puis Rob ouvrit, enveloppé dans un peignoir blanc, ses cheveux noirs encore mouillés.

S'efforçant de ne pas laisser son regard s'attarder sur le triangle de peau lisse et mate que dévoilait l'encolure du vêtement, Jessica se râcla la gorge.

— Il y a... euh, il y a un appel pour vous.

— Vous avez décroché le téléphone?

— Euh... oui. J'avais peur que la sonnerie ne réveille les enfants.

— Et qui est-ce?

— Je ne sais pas. Un homme. Il n'a pas dit son nom.

Avec un nouveau grognement, Rob la dépassa pour descendre l'escalier. Bientôt, elle entendit sa voix au rez-de-chaussée.

— Bon sang, vous avez une idée de l'heure qu'il est, ici?

Jessica jeta un coup d'œil à sa montre. 6 h 30. Décidément, tous deux étaient tombés du lit bien tôt, ce matin...

44

— Non ! Je vous l'ai déjà dit hier soir !

Ah ! Enfin une information ! Elle savait à présent que le mystérieux correspondant était bien celui qui avait menacé son compagnon la veille. Le fameux Sims.

Rob arpentait le salon de long en large, le téléphone sans fil bloqué entre son oreille et son épaule, visiblement concentré sur le long monologue de son interlocuteur. Jessica commençait à s'inquiéter : l'homme allait-il réussir à impliquer Rob dans les sombres manœuvres qu'il avait en tête ?

Rob poussa un soupir agacé et se passa la main dans les cheveux.

— Ecoutez, je... O.K., ça, je peux le faire. J'ai une ou deux idées qui pourraient mettre un sacré bazar... Laissez-moi y réfléchir un peu et je vous appellerai lundi. Je devrais être de retour à Kansas City, d'ici là.

Jessica se sentit envahie par une grande détresse. « Non ! Ne retournez pas à une vie de crime ! » aurait-elle aimé lui crier. Aux yeux de la loi, celui qui préméditait le crime était aussi coupable que celui qui le commettait. Et elle ne voulait pas voir Rob derrière les barreaux. Qu'arriverait-il à ses enfants ?

Jusqu'alors, étrangement, elle n'était pas parvenue à se l'imaginer en criminel. Son sourire charmeur, la tendresse qu'il témoignait à Cathy et Michael, même la façon qu'il avait de la tenir un peu à distance lui avaient semblé prouver sa droiture. Mais à présent, elle avait entendu de sa bouche qu'il s'apprêtait à faire quelque chose de mal. « Mettre un sacré bazar » ne pouvait être très positif !

— Il faudra que vous attendiez, Sims. J'ai bien l'intention de profiter de Thanksgiving avec mes enfants.

Il raccrocha violemment, sans laisser à son interlocuteur le temps de répondre.

C'est alors qu'il releva la tête et la vit.

— Ce n'est pas bien d'écouter les conversations des gens, observa-t-il.

Là-dessus, il se dirigea vers la cuisine. Elle le suivit et le regarda en silence disposer la dinde dans un grand plat en pyrex.

— Je ne pense pas que vous devriez.

Il la regarda d'un air perplexe.

— Vous croyez qu'il faut la mettre au four directement, sans rien?

— Non, je ne parle pas de ça. C'est à propos de ce que vous avez dit au téléphone.

Levant les yeux au ciel, il reporta son attention sur la dinde.

— Rob! Il faut que vous pensiez à vos enfants...

— Je ne les oublie pas. Et je n'ai pas besoin de vos conseils.

Il prit le plat et alla le mettre dans le four, qu'il alluma.

— Je vous trouve vraiment odieux! J'essaie juste de vous aider, et vous m'envoyez paître. Ce que vous avez promis à Sims...

— Sims? Comment connaissez-vous son nom? Il ne vous l'a pas donné, j'imagine?

— Non, mais je vous ai entendu l'appeler ainsi à plusieurs reprises.

— Pour l'amour du ciel, oubliez ces coups de fil, vous m'entendez?

Elle tendit la main pour toucher son bras; il sursauta comme si elle l'avait brûlé.

— Rob, même si vous ne faites rien vous-même, vous serez considéré comme coupable. Ne le laissez pas vous persuader de vous impliquer dans cette sombre affaire.

Après quelques instants de silence, Rob haussa un sourcil.

46

— Vous vous inquiétez pour moi ?

Il y avait une chaleur dans son regard, un désir à peine dissimulé dont elle avait une conscience aiguë. Cependant, il ne fallait pas qu'elle cède à l'attirance croissante que, de son côté, elle éprouvait pour lui. Après tout, cet homme était probablement un criminel...

— Naturellement, répondit-elle d'un ton aussi détaché que possible. A cause des enfants.

Il eut un petit sourire en coin, et elle se sentit fondre.

— Les enfants ne risquent rien. A présent, si vous le voulez bien, je vais essayer de dormir un peu avant qu'ils ne se réveillent. Une fois qu'ils sont debout, il est parfaitement impossible de se reposer une seconde !

Sur ces mots, il sortit de la cuisine. Jessica poussa un soupir et l'imita. Après tout, un petit somme ne lui ferait pas de mal, à elle non plus, après la nuit agitée de la veille...

— Chut ! Allez dans la cuisine sans faire de bruit, je vous rejoins tout de suite.

Les enfants obéirent à leur père et descendirent l'escalier sur la pointe des pieds.

C'étaient vraiment des gamins adorables, songea-t-il. Il avait de la chance... D'autant plus de chance qu'il abritait Boucle d'Or sous son toit.

Mais était-ce vraiment une chance ? Il avait encore dû se retenir de la prendre dans ses bras, tout à l'heure. Quelque chose chez cette fille le rendait fou...

Lorsque la porte de la cuisine se fut refermée sur Cathy et Michael, il s'approcha du canapé et regarda son invitée endormie. Elle était roulée en boule sous la couverture, les yeux fermés, ses cils démesurés ombrant ses joues de pêche. Dieu, qu'elle était belle ! Peut-être qu'il pourrait la retrouver, une fois que les enfants et lui se seraient un peu apprivoisés...

Il se rendit compte qu'il ignorait où elle habitait. En fait, il ne savait rien d'elle ; elle ne lui avait révélé que son nom. Si c'était vraiment son nom... Après tout, la veille, elle avait été incapable de nier qu'elle lui cachait quelque chose.

Et si elle avait des ennuis ?

Aussitôt, un désir sauvage de la protéger envers et contre tout monta en lui. Quoi de plus naturel ? Elle était visiblement aussi naïve que ses enfants — pour s'en convaincre, il lui suffisait de songer à la façon dont elle avait fait confiance à un inconnu...

Secouant la tête, il se dirigea vers la cuisine. Autant la laisser dormir tout son soûl ; par ailleurs, ses enfants attendaient leur petit déjeuner, et c'étaient eux qui devaient avoir la priorité dans sa vie. Pas une Boucle d'Or sexy en diable...

Jessica bâilla et s'étira, jusqu'au moment où son coude heurta le dos du canapé. Aussitôt, tout lui revint en bloc : elle ne se trouvait pas dans sa luxueuse chambre à coucher, mais dans une cabane perdue au fond des bois avec la famille Berenson.

Et Rob Berenson était sur le point de commettre une grosse bêtise.

Au souvenir des conversations téléphoniques qu'elle avait surprises, Jessica se réveilla tout à fait et s'assit sur son séant. Un sentiment d'urgence l'envahit ; il fallait qu'elle parvienne à convaincre Rob d'éviter toute association avec ce satané Sims. Pour l'amour de ses enfants.

Forte de cette résolution, elle plia rapidement la couverture et se rendit à la hâte dans la cuisine.

Elle aurait aimé aborder le sujet d'emblée, mais la présence de Cathy et Michael, qui « aidaient » leur père à faire la cuisine, l'en empêcha.

— Ça sent bon, déclara Jessica en souriant au trio.

Michael était assis sur la machine à laver, et Cathy se tenait debout sur une chaise à côté de son père.

— La dinde est en train de cuire, et nous préparons la farce ! expliqua la fillette d'un air important.

— Vraiment ? Je suis impressionnée.

— Il n'y a pas de quoi, dit Rob avec un sourire ironique. Elle sort tout droit d'une boîte de conserve.

— Ouf ! J'ai failli faire un complexe...

Cette remarque amusa visiblement son interlocuteur.

— Croyez-vous que vous sauriez couper des carottes en rondelles ? s'enquit-il.

— Je n'ai jamais essayé, mais je suis prête à faire une tentative.

Il lui donna quelques instructions avant de retourner à sa farce. Après l'avoir mise au four, il expédia les enfants à l'étage pour regarder la parade de Thanksgiving à la télévision, non sans leur avoir promis de les appeler au moment de sortir la dinde.

Jessica, de son côté, était concentrée sur ses carottes. Cette tâche inhabituelle l'absorbait tellement qu'elle ne remarqua le départ des enfants que lorsque Rob s'approcha d'elle et lui demanda à voix basse :

— Qui vous poursuit ?

Elle sursauta, et lâcha la carotte qu'elle était en train d'éplucher.

— Vous... vous m'avez fait peur, balbutia-t-elle. Vous devriez faire attention, j'ai un couteau à la main.

Il recula d'un pas et leva les mains devant lui en un geste conciliant.

— Hé, je vous ai seulement posé une question, pas la peine de me menacer !

Baissant les yeux, la jeune femme constata qu'en parlant elle avait pointé son couteau en direction de l'estomac de son compagnon. Réprimant un sourire, elle le posa avec précaution sur la planche à découper.

— Pardonnez-moi. Je ne vous menaçais pas ; vous m'avez surprise, voilà tout.

— Ouf ! Je commençais à penser que c'était vous, la dangereuse psychopathe, et pas moi !

— Je n'ai jamais tué personne, se récria Jessica. Pouvez-vous en dire autant ? Pouvez-vous me jurer que vous n'avez pas tué votre femme ?

Il leva la main droite d'un air solennel.

— Je vous jure que je n'ai pas tué mon *ex*-femme, affirma-t-il en insistant sur le « ex ».

— Et personne d'autre ?

Jessica se sentit pâlir en voyant son interlocuteur froncer les sourcils et baisser la tête.

— Jess, je ne peux pas... Il y a des choses dont je ne peux pas vous parler, mais je n'ai jamais fait de mal à quiconque à moins d'y avoir été contraint.

— Que... que voulez-vous dire ? demanda-t-elle en reculant d'un pas.

Tendant la main, Rob l'attrapa par la taille et l'attira à lui.

— Allons, ne soyez pas stupide. Je ne vais pas vous manger. Vous n'avez rien à craindre de moi, vous le savez bien, n'est-ce pas ?

Lentement, la jeune femme hocha la tête. Contre toute logique, elle se sentait en sécurité, auprès de lui.

La chaleur de son corps viril l'enveloppait, et elle savait qu'il lui fallait mettre de la distance entre eux si elle voulait rester forte. Tendant la main vers le couteau, elle se libéra de son étreinte.

— Il faut que je me remette au travail. Je manque un peu de pratique, si bien que je ne vais pas très vite...

— Très bien, nous parlerons pendant que vous couperez les légumes.

— De quoi voulez-vous que nous parlions ? s'enquiert-elle.

— Vous pourriez commencer par répondre à ma question. Qui vous poursuit ?

— Pourquoi me demandez-vous ça ? C'est idiot. Qui voulez-vous qui me poursuive ?

— Ma douce, je sais reconnaître un mensonge quand j'en entends un. J'ai pas mal d'expérience en matière d'interrogatoires. Je veux dire...

— Pas mal d'expérience, hein ? Que faites-vous, dans la vie ? Vous torturez les gens pour le compte de la mafia ?

— Non ! Je veux dire, pas à moins que... Hé, mais qui pose les questions, ici ?

Jessica sentait une peur panique monter en elle. Elle ne craignait pas qu'il lui fasse du mal, non ; en revanche, elle redoutait qu'il eût commis des crimes par le passé. Qu'il soit contraint d'aller en prison, en dépit de son amour pour ses enfants, en dépit de la gentillesse dont il avait fait preuve à son égard depuis la veille.

— Jess, j'essaie de découvrir si vous avez des ennuis. Avez-vous besoin d'aide ?

— Moi ? Bien sûr que non. Qu'est-ce qui vous fait penser...

— Hier soir, vous avez été incapable de me dire que vous n'aviez pas d'ennuis.

Au souvenir de son embarras d'alors, Jessica se sentit rougir.

— Allons, la pressa-t-il, dites-moi la vérité.

— La vérité est que je n'ai nullement besoin d'aide, répondit-elle en le regardant droit dans les yeux.

Certes, elle était poursuivie, menacée, elle avait quelque chose à cacher; mais elle se débrouillerait seule. Cela, c'était la vérité, en effet.

Il la fixa un moment d'un air perplexe, mais elle ne cilla pas. L'honnêteté était une arme redoutable, et elle le savait.

— Très bien, dit-il enfin avec un soupir.

Il demeura immobile un moment. Jessica, qui l'observait avec attention, sentit un léger changement se produire en lui; tout à coup, il semblait dominé par ses émotions, comme s'il en avait assez de lutter. L'instant d'après, sans crier gare, il la prenait dans ses bras et l'embrassait.

Le premier moment de surprise passé, la jeune femme fut envahie par un bien-être aussi extraordinaire qu'inattendu. Elle se sentait merveilleusement bien, serrée contre le torse puissant de Rob, tandis qu'elle lui abandonnait ses lèvres... Presque inconsciemment, elle noua ses doigts autour de son cou. Elle était heureuse, elle était amou...

Amoureuse?

Cette pensée lui fit l'effet d'un électrochoc, et elle s'arracha violemment à l'étreinte de Rob.

— Non!

— Si, murmura-t-il d'une voix à peine audible.

Mais Jessica avait peur, à présent. Peur de ses sentiments, peur d'aller trop loin. Il ne fallait pas qu'elle s'éprenne de Rob. C'était vraisemblablement un criminel. Il soupçonnait qu'elle était riche, et c'était sans doute pour cela qu'il prétendait s'intéresser à elle...

— *Non!* s'écria-t-elle de nouveau avant de s'enfuir de la cuisine le plus vite possible.

Rob se vengea de sa frustration — démesurée — sur les carottes, qui se retrouvèrent au moment d'aller au four bien plus finement coupées que prévu.

Il semblait condamné à finir de préparer le repas tout seul, à moins d'appeler ses enfants... Mais en vérité, il n'était pas mécontent d'être un peu tranquille, d'avoir le temps de réfléchir.

En temps normal, il était doté d'un sang-froid à tout épreuve; il lui en avait d'ailleurs fallu une bonne dose pour infiltrer le groupuscule mafieux, ces dernières années.

Alors, que lui arrivait-il à présent? Pourquoi se révélait-il incapable de garder ses distances avec Jessica? Il savait pourtant qu'il n'avait pas besoin d'une femme dans sa vie, en ce moment. Il allait lui falloir toute son énergie pour devenir un père digne de ce nom.

Il ouvrit deux boîtes de petits pois et versa leur contenu dans une casserole avec un peu de sel et de beurre. Il ne lui restait plus qu'à mettre le pain à tiédir au four, et tout serait prêt.

De nouveau, son esprit retourna à Jessica. Pouvait-il la croire lorsqu'elle affirmait ne pas avoir de problèmes?

Peut-être. Il avait senti de l'honnêteté dans ses paroles. Elle avait affirmé ne pas...

Hé! Elle n'avait jamais dit ne pas avoir de problèmes! Elle avait seulement déclaré ne pas avoir besoin d'aide. Enorme nuance!

Cela signifiait-il qu'elle avait bel et bien des ennuis? Il poussa un soupir rageur. Comment le saurait-il puisqu'elle refusait de se confier à lui? D'ailleurs, c'était compréhensible. Après tout, ils ne se connaissaient que depuis vingt-quatre heures à peine.

Arrivé à cette conclusion, il se concentra de nouveau sur son repas. Finalement, après avoir joliment mis la table et posé au milieu la dinde bien dorée, il mit les petits pains au four et monta à l'étage pour chercher les autres convives.

— Papa! s'exclamèrent en chœur les enfants lorsqu'il passa la tête dans l'entrebâillement de la porte de sa chambre.

— Prêts à descendre déjeuner?

— Oh, oui!

Cathy attrapa la télécommande et éteignit la télévision tandis que Michael se levait précipitamment avec un sourire gourmand.

— Avez-vous vu Jessica? s'enquit Rob.

Il avait déjà vérifié dans toutes les pièces du rez-de-chaussée, mais la jeune femme n'était nulle part en vue.

— Non. Est-ce que nous l'avons perdue, papa? demanda Cathy en fronçant les sourcils d'un air anxieux.

— Je suis sûr que non, la rassura-t-il. Peut-être est-elle allée se reposer un moment dans votre chambre en attendant le déjeuner. Je vais aller voir pendant que vous vous laverez les mains.

En ouvrant la porte de la seconde chambre, il poussa un soupir de soulagement: Jessica était bel et bien là, debout devant la fenêtre. Elle regardait d'un air absent les flocons qui tombaient toujours à l'extérieur. Ouf, songea-t-il : il n'aurait pas à partir à sa recherche dans la tempête.

— Vous avez une petite faim? demanda-t-il d'une voix très douce.

Elle sursauta et prit une profonde inspiration avant de se retourner vers lui.

— Oui, je l'avoue. J'espère que vous me laisserez partager votre déjeuner, après la façon dont je me suis enfuie, tout à l'heure...

Un peu surpris — mais content — qu'elle aborde d'emblée l'incident, Rob s'avança d'un pas vers elle.

— Je pense que vous aviez peut-être de bonnes raisons de partir ainsi, et je vous prie d'accepter toutes mes excuses, Jessica.

— Ce n'est pas la peine de vous excuser, affirma-t-elle très vite. Nous nous contenterons d'oublier cet... incident, d'accord?

Il doutait d'en être capable, mais appréciait son attitude. Son ex-femme, elle, avait la détestable manie de bouder pendant des heures, lorsque quelque chose la contrariait.

— Où sont les enfants?

— Ils se lavent les mains. Vous pouvez descendre dès que vous serez prête.

Là-dessus, il sortit de la pièce et descendit l'escalier, le cœur plus léger. Il était prêt à célébrer Thanksgiving avec ses enfants. Et une femme ensorcelante...

Quelques minutes plus tard, après que Cathy eut dit les grâces, Rob entreprenait de couper la dinde tandis que Jessica servait les légumes.

— Je suis impressionnée, déclara-t-elle. Vous avez fait du bon travail.

— C'est vrai, papa, ça a l'air presque aussi bon que quand c'est Nana qui prépare à manger! déclara Cathy.

Rob réprima un sourire. La fillette avait sans doute l'impression qu'il s'agissait là d'un compliment.

— Nana est le surnom que les enfants donnent à Mme Hutchins, notre gouvernante, expliqua-t-il à l'adresse de Jessica.

Ils allaient attaquer leur repas lorsque soudain, la jeune femme pâlit et s'écria :

— Vite, plongez ! Sous la table !

Abasourdi, Rob la regarda se glisser sous la longue nappe blanche, aussitôt imitée par les enfants. Il se pencha et souleva un coin du tissu ; trois paires d'yeux le regardaient.

— Est-ce là un nouveau jeu que je ne connais pas ? s'enquit-il.

— Je ne sais pas, papa, mais c'est rigolo ! affirma Cathy, hilare.

— Ce n'est pas un jeu, c'est Sims ! chuchota Jessica.

Il y avait une sincère panique dans son regard.

Au même instant, on frappa à la porte.

— N'allez pas ouvrir, je vous en prie ! supplia-t-elle.

— Allons, rasseyez-vous tous. Ça ne peut pas être Sims ; même s'il le voulait, il ne pourrait pas venir si vite par ce temps. Et je vous assure qu'il ne le veut pas, de toute façon.

Ses compagnons sortirent de leur cachette au moment où un deuxième coup retentissait à la porte.

— Attendez-moi là.

Qui pouvait bien se trouver dehors par ce temps ? Certes, il neigeait moins que la veille, mais tout de même...

Il ouvrit la porte et se trouva face à deux jeunes gens en combinaison de ski. Ils avaient déchaussé leurs skis de fond, et paraissaient épuisés.

— Euh... Bonjour, monsieur, pardonnez-nous... Nous

faisons une randonnée, et nous nous sommes un peu éga-rés. Croyez-vous qu'il nous serait possible de nous repo-ser un moment chez vous et de nous réchauffer avant de repartir ?

Ils semblaient parfaitement inoffensifs ; Rob s'écarta pour les laisser entrer.

— J'espère que nous ne vous dérangeons pas trop ?

— Non, non, nous étions en train de déjeuner, mais il y a assez de dinde pour nourrir un régiment. Avez-vous faim ?

Les visages fatigués des deux jeunes skieurs s'éclai-rèrent, et il les guida jusqu'à la cuisine.

— Nous avons là deux skieurs affamés et gelés, annonça-t-il à la cantonade. Les enfants, serrez-vous un peu pour leur faire de la place.

Là-dessus, Rob présenta Jessica et ses enfants ; les jeunes gens sourirent à la ronde avant de répondre :

— Et nous, nous sommes Jason et Patrick. Nous vivons à Jackson. C'est de là que nous venons.

— Ne vous inquiétez pas, je vous montrerai la bonne direction pour repartir après le déjeuner.

Rob se tourna vers Patrick ; ce dernier fixait Jessica d'un air intrigué.

— J'ai l'impression de vous avoir déjà vue quelque part..., dit-il enfin. Je me trompe ?

La jeune femme pâlit terriblement, au point que Rob crut qu'elle allait s'évanouir.

— Impossible ! affirma-t-elle un peu sèchement avant de baisser la tête.

— Vous êtes sûre ?

— Je suis certaine que nous ne nous sommes jamais rencontrés, oui. Voulez-vous des carottes ? ajouta-t-elle, tentant visiblement de détourner la conversation.

— Oui, merci, dit poliment son interlocuteur, sans

pourtant perdre le fil de ses pensées. Je sais que nous ne nous connaissons pas personnellement, mais... Etes-vous quelqu'un de connu ?

— C'est Jessica, déclara Cathy d'un air important.

— Vous ne seriez pas journaliste à la télévision, par hasard ? Ou présentatrice ?

— Non. Je suis comptable.

Rob surprit le regard en coin que lui lançait Jessica. Sans doute craignait-elle qu'il ne nourrisse de nouveaux soupçons à son égard. Et de fait...

Le dénommé Jason, cependant, conscient sans doute de l'embarras de celle qu'il prenait pour son hôtesse, changea de conversation ; et ils parlèrent de tout et de rien jusqu'au dessert. Ce dernier se composait de deux gâteaux, l'un à la noix de coco et l'autre au citron.

— Je suis vraiment impressionnée, souligna Jessica.

Rob lui fit un clin d'œil.

— Il y a de quoi. Ils viennent de la meilleure pâtisserie de Kansas City !

Les enfants tendaient déjà leur assiette d'un air gourmand.

Aussitôt leur dessert avalé, Jason et Patrick se levèrent.

— Nous allons devoir y aller. La nuit tombe vite, en cette saison, et nous avons pas mal de chemin à faire.

— Je vais vous donner une boussole, déclara Rob. Nous sommes exactement au sud-ouest de Jackson, vous ne pourrez pas vous perdre.

Jessica poussa un soupir de soulagement en voyant les deux jeunes gens remettre leurs gants de ski et se diriger vers la porte. Cependant, au moment de sortir, Patrick se retourna vers elle et son visage s'éclaira.

— Attendez ! Ça y est, je sais qui vous êtes !

— C'est Jessica, répéta Cathy avec la patience un peu agacée de quelqu'un qui s'adresse à un simple d'esprit.

— Oui ! Jessica Barnes ! répondit Patrick.

— Et ? interrogea Rob.

— Vous savez, la Jessica Barnes qui est passée aux nouvelles, hier soir. D'habitude, je ne regarde pas les informations, mais je voulais savoir s'il allait continuer de neiger et...

— Il est temps que vous y alliez, coupa Jessica. La nuit ne va pas tarder à tomber.

— Alors, quelqu'un a déjà récolté la récompense ? Bon sang, elle était grosse. Quand je pense à tout ce que j'aurais pu faire d'une somme pareille ! soupira Patrick en secouant la tête. Comme ça, votre papa ne savait pas où vous alliez passer Thanksgiving ?

Jessica se força à sourire.

— Il se montre parfois un peu trop protecteur.

Tandis que Rob prenait congé de ses visiteurs, la jeune femme retourna dans la cuisine, les enfants sur ses talons. Tous trois se mirent à débarrasser la table.

— Jessica, de quoi il parlait, le monsieur ? demanda Cathy au bout de quelques secondes.

— Qui donc ? demanda-t-elle pour gagner du temps.

Au même instant, Rob revint.

— Allez, les enfants, vous pouvez monter jouer dans votre chambre, Jessica et moi allons finir de ranger la vaisselle.

A contrecœur, Cathy prit son petit frère par la main et sortit de la cuisine. De toute évidence, tous deux savaient qu'il ne fallait pas contrarier leur père lorsqu'il prenait ce ton-là.

Jessica se mordit la lèvre. Inutile d'être Einstein pour deviner que Rob souhaitait à présent lui poser quelques questions... Mais comment éviter de répondre ?

— Eh bien ? demanda-t-il d'emblée.

— Eh bien quoi ?

— Je vous en prie, ne me prenèz pas pour un imbécile. C'est à cause de ce reportage dont parlait Patrick que vous avez éteint la télévision, hier soir, n'est-ce pas ?

— Oui, admit-elle en rangeant consciencieusement les assiettes dans le lave-vaisselle pour éviter de croiser le regard de son interlocuteur.

— Je croyais que vous aviez téléphoné chez vous ?

— Oui, mais... mais il était trop tard pour empêcher la diffusion de l'appel à témoins.

— Je suppose que cela signifie qu'on ne vous verra pas à la télévision ce soir... C'est tant mieux, car si vous y étiez de nouveau, vous pourriez être certaine que notre ami Patrick s'empresserait de téléphoner pour dire où vous vous trouvez.

Jessica releva vivement la tête, oubliant de feindre l'indifférence.

— C'est bien ce que je pensais, reprit Rob. Vous n'avez pas appelé votre père, hier soir, n'est-ce pas ?

Sa voix était dure, exigeante.

— Non, vous avez raison, admit-elle en soupirant.

— Dans ce cas, Patrick sera riche, demain matin... A moins que vous ne téléphoniez à votre papa tout de suite. Il pourra ainsi faire retirer l'appel à témoins avant l'édition de 20 heures. De toute façon, Patrick ne sera pas chez lui avant cette heure-là.

— Si j'appelle d'ici, mon père n'aura aucun mal à avoir votre numéro et à localiser l'appel. Il me retrouvera en un éclair.

— Dans ce cas, téléphonez à la chaîne de télévision, et dites-leur que vous allez bien, que vous vous êtes seulement querellée avec votre père.

— Je doute que ça marche, mais je peux toujours essayer, admit-elle. Vous avez un annuaire ?

— Oui, dans le bureau. Il y a également un téléphone.

Il la suivit, et la regarda consulter l'annuaire, puis composer le numéro de la chaîne de télévision.

Elle expliqua son problème à la réceptionniste, qui lui répondit qu'elle ne pouvait lui assurer que l'appel à témoins ne serait plus diffusé ce soir-là ; c'était à son père d'en décider.

— Pouvez-vous tout de même lui faire savoir que je serai chez lui dimanche ? Je ne souhaite pas lui parler, pour l'instant.

— Je lui transmettrai votre message, mademoiselle Barnes, promit l'employée.

— Merci infiniment, répondit Jessica avant de raccrocher.

Elle se mit à arpenter la pièce de long en large.

— Quand les routes seront-elles praticables ? demanda-t-elle.

— Je ne sais pas. Si la neige arrête de tomber ce soir, nous pourrons peut-être sortir demain.

— Si c'est le cas, accepterez-vous de me conduire à la ville la plus proche ?

— Oui, mais je ne suis pas sûr qu'il soit possible de récupérer votre voiture et de la faire réparer en une journée.

— Je pourrai en louer une autre.

— Vous avez vraiment l'air décidée à vous enfuir le plus vite possible ! Vous avez le diable à vos trousses ou quoi ?

Jessica esquissa un faible sourire.

— Ce n'est pas une plaisanterie, Rob. Je tiens vraiment à ce que mon père ne sache pas où me trouver.

— Ça, je l'avais compris. Mais ne croyez-vous pas qu'il est temps de me dire pourquoi ?

— Non. Cela ne concerne que moi. J'apprécie votre hospitalité, mais je ne crois pas devoir en retour vous confier tous mes secrets.

Pendant une longue minute, ils s'affrontèrent du regard. Enfin, Rob s'avança d'un pas vers elle.

— Très bien, dit-il d'un ton lourd de menace. Dans ce cas, il se pourrait bien que je récolte la récompense avant Patrick...

6.

Jessica était soudain devenue livide.

— Combien ? demanda-t-elle d'une voix glaciale.

— Combien quoi ? s'enquit Rob, perplexe.

— Combien voulez-vous pour vous taire ?

Rob l'observa un moment en silence. Elle ne plaisantait pas ; il n'y avait tout à coup plus la moindre chaleur, la moindre trace d'humour dans son regard bleu. La jeune femme séduisante s'était muée en bloc de glace.

— Combien m'offrez-vous ? demanda-t-il, entrant dans son jeu.

Il savait déjà qu'elle venait d'une famille riche ; désormais, il allait apprendre à quel point.

— Cinq mille dollars.

— Seulement ?

— Dix.

— Peut mieux faire...

— Cinquante. Je n'irai pas au-delà.

— Fichtre ! Vous avez vraiment envie d'éviter votre père, pas vrai ? Quel est le problème ?

— Me croyez-vous assez bête pour vous le dire, alors que je sais que vous n'hésiteriez pas à me vendre ?

— Mon cœur, je ne veux pas de votre argent. J'essayais simplement de voir combien il était important pour vous de fuir votre père. C'est vous qui m'avez dit que vous pouviez vous débrouiller, que vous n'aviez pas besoin d'aide ; si c'est vrai, pourquoi fuyez-vous ?

— « Mon cœur » ? Vous vous imaginez vraiment que quelques mots doux me feront oublier votre répugnante cupidité ? Je ne suis pas idiote, Rob. Je sais comment les gens réagissent à l'argent.

Là-dessus, elle essaya de le contourner pour se diriger vers la porte. Cependant, il l'attrapa par le bras et la maintint fermement.

— Jess, parlez-moi. Que se passe-t-il ?

Il sentit que la glace commençait à fondre. Jessica n'était néanmoins pas encore prête à tout lui révéler ; ses grands yeux bleus s'étaient remplis de larmes, et elle baissait la tête pour tenter de lui dissimuler son désarroi.

— Je ne peux pas vous faire confiance, décréta-t-elle. De plus, vous êtes dans une situation bien plus difficile que la mienne. Vous allez être envoyé en prison, et je ne sais pas ce qu'il adviendra de Cathy et Michael.

— Ne soyez pas ridicule, voyons. Dites-moi plutôt ce que je peux faire pour vous aider.

A cet instant, la sonnerie du téléphone retentit, et Jessica sursauta comme si elle avait été mordue par un serpent.

Rob tendit le bras et décrocha sans lâcher la jeune femme.

— Oui ?

— Je suis au 555-6703 ? demanda une voix bourrue.

— Oui, c'est bien ici.

— Je voudrais parler à Jessica Barnes.

— Jessica Barnes ? répéta Rob en haussant un sourcil.

Une expression paniquée se peignit sur les traits de sa compagne.

— Je crains qu'on ne vous ait donné un mauvais numéro. Il n'y a personne de ce nom, ici.

— Ecoutez, je sais qu'elle est là. Passez-la-moi.

— Savez-vous que nous sommes au milieu d'une tempête de neige, ici, monsieur ? Mes enfants et moi sommes arrivés mercredi après-midi, et nous n'avons vu personne depuis, à part deux skieurs. Nous sommes bloqués par la neige.

— Il doit y avoir une erreur. Ma fille a téléphoné à la télévision depuis ce numéro il y a dix minutes à peine. Vous mentez.

Rob en voulait déjà au père de Jessica d'avoir contrarié la jeune femme à ce point, bien qu'il ignorât les détails de l'affaire. A présent, de surcroît, il constatait que M. Barnes était un homme hautain et désagréable, ce qui ne faisait que l'agacer davantage.

— Je n'apprécie pas d'être traité de menteur, monsieur.

— Vous savez, j'offre une grosse récompense à quiconque me donnera des nouvelles de ma fille.

— Vraiment ? Combien ?

— Dix mille dollars.

— Dommage que je ne puisse pas vous aider. J'aurais bien eu besoin de cet argent.

— Je pourrais vous donner le double, si vous me fournissez l'information que je cherche sur-le-champ.

— Eh bien, écoutez, monsieur, si je trouve votre fille congelée dans mon jardin, je vous promets de vous appeler aussitôt. La récompense est valable qu'elle soit morte ou vive, n'est-ce pas ?

Jessica se raidit, ses yeux s'agrandirent d'effroi, et Rob faillit éclater de rire.

— Ce n'est pas une plaisanterie ! coupa son interlocuteur d'un ton rogue.

— Pardonnez-moi. Mais dans la mesure où elle vous a téléphoné, vous devriez être rassuré ; cela prouve qu'elle est en sécurité. Alors, à votre place, j'économiserais mon argent. Après tout, c'est tout ce qui vous importe — sa sécurité, n'est-ce pas?

Il y eut un silence révélateur avant que son correspondant ne se hâte de le rassurer.

— Oui, naturellement... Mais j'ai besoin de lui parler. Juste pour m'assurer qu'elle va bien.

— Vous savez, observa Rob d'un air pensif, ça me paraît étrange qu'elle ait appelé une chaîne de télévision plutôt que vous. Auriez-vous fait quelque chose qui l'ait blessée?

— Bien sûr que non! C'est ma fille! Etes-vous sûr qu'elle n'est pas avec vous?

— Certain.

— Bon. Je vais vous donner mon numéro au cas où vous tomberiez sur elle.

Rob fit semblant de s'intéresser au numéro que lui dictait le père de Jessica, lui faisant même répéter les derniers chiffres, comme s'il le notait réellement. Ce faisant, il sentait le regard de Jessica posé sur lui. Etait-elle enfin consciente qu'il était de son côté? Il l'espérait...

— Devinez qui c'était? demanda-t-il après avoir raccroché.

— Mon père, bien sûr.

— Je crois bien, en effet, quoiqu'il n'ait pas pris la peine de se présenter.

— Vous ne lui avez pas dit que j'étais là...

— Non.

— Et vous n'avez pas noté son numéro.

— Non.

Pour la première fois depuis le départ des skieurs, il vit Jessica sourire. Elle poussa un long soupir et posa sa tête sur sa poitrine.

— Merci, Rob.

66

Il la serra dans ses bras, heureux de la sentir contre lui, vibrante et fragile. Très doucement, il lui caressa les cheveux.

Hélas, ce moment d'intimité ne pouvait lui faire oublier qu'elle était en danger.

— Vous savez qu'il frappera à la porte dès demain matin, observa-t-il.

— Mais vous lui avez dit que je n'étais pas là !

— Mon cœur, il me semble clair qu'il ne m'a pas cru une minute. Et puis, ce numéro de téléphone est la seule piste dont il dispose. Cela m'étonnerait qu'il laisse tomber aussi facilement.

Pendant un moment, Jessica demeura immobile. Puis, à la grande surprise de Rob, elle se hissa sur la pointe des pieds et déposa un baiser sur sa joue.

— Merci quand même d'avoir essayé.

Il ne put répondre, tant ce simple contact avait embrasé ses sens. Incapable de résister à la tentation, il posa ses lèvres sur les siennes et l'embrassa avec passion.

Peu importait, en cet instant, que les enfants fussent à l'étage, que Jessica eût des ennuis, qu'il ait eu l'intention de se concentrer sur son rôle de père. La seule chose qui comptait vraiment, c'était ce baiser merveilleux. C'était Jessica, brûlante et tentatrice dans ses bras. Il ne voulait pas qu'elle s'en aille, jamais.

Cependant, elle se dégagea bientôt, lui arrachant ses lèvres.

— Non !

— Jessica, murmura-t-il en embrassant avec douceur sa joue satinée, je vous en prie... Laissez-moi vous aider...

Elle le repoussa, mais il remarqua que ses doigts tremblaient. Elle éprouvait la même chose que lui, il en était sûr.

Cette certitude lui permit de se reprendre. Il serait patient ; il fallait qu'il le soit.

— Dites-moi ce qui cloche entre votre père et vous.

Jessica s'était éloignée autant que possible dans l'étroit bureau et avait croisé les bras sur sa poitrine.

— Vous ne pourriez pas comprendre, décréta-t-elle d'un air buté.

— Bon sang, vous n'avez pas encore saisi que j'étais de votre côté? Je suis persuadé que vous ne vous seriez pas enfuie de chez vous sans une bonne raison. Laissez-moi vous aider.

Elle demeura silencieuse un si long moment qu'il se demanda si elle allait lui répondre. Enfin, cependant, elle dit dans un soupir:

— C'est à cause du mariage. Mon mariage.

Rob eut l'impression que son sang se figeait dans ses veines. Elle était mariée! La femme qui avait pénétré dans sa vie par effraction, qui lui avait fait oublier toutes ses bonnes résolutions, qui avait réussi à le séduire, lui, l'ours mal léché, était mariée!

Jessica comprit aussitôt que Rob s'était mépris sur ses paroles. Jusqu'alors, il avait été tendre et compréhensif; mais soudain, une colère indicible se lisait dans ses yeux. Elle s'apprêtait à le rassurer, mais n'en eut pas le temps.

— Papa?

— Qu'y a-t-il, Cathy? demanda Rob d'un ton sec sans quitter Jessica des yeux.

Elle tenta d'esquisser un sourire, mais il détourna aussitôt le regard. On eût dit qu'il la haïssait, en cet instant.

— On s'ennuie, gémit Cathy. Qu'est-ce qu'on fait, maintenant?

Rob posa sur la fillette un regard hagard.

Jessica décida de venir au secours de ce dernier.

— Avez-vous des puzzles, ici? s'enquit-elle. Moi,

quand j'étais petite, j'aimais beaucoup faire des puzzles, les jours de mauvais temps. Nous pourrions tous travailler sur le même dans la cuisine.

— Oh, oui ! On en a un, papa ?

— Peut-être, grommela Rob, sans paraître particulièrement reconnaissant à Jessica pour sa suggestion. Va voir dans le placard en haut des marches, et reviens nous montrer ce que tu auras trouvé.

Dès que Cathy fut partie, Jessica profita de l'opportunité pour mettre les choses au point.

— Je ne suis pas mariée, Rob, annonça-t-elle.

Une expression de pure stupéfaction se peignit sur les traits de son interlocuteur.

— Mais mon père voudrait que je me marie, précisa-t-elle. En fait, voilà : j'étais sur le point de me fiancer, mais j'ai décidé de rompre mon engagement. Seulement, Stephen et mon père ont refusé d'accepter ma décision. J'ai voulu annuler la réception, mais mon père a rappelé le traiteur pour la confirmer. J'ai dit à Stephen que je ne l'épouserais pas, mais il m'a assuré que si...

— Alors, qu'avez-vous fait ?

— Je me suis enfuie. Je sais que ça semble puéril, se hâta-t-elle d'ajouter, mais je me disais qu'ainsi mon père serait contraint d'annuler la réception.

— Et ce... Stephen, vous l'aimez ?

— Non.

Elle n'avait pas hésité un instant à répondre ; Rob se sentit respirer un peu plus aisément.

— Au début, je le pensais, expliqua-t-elle. Il peut se montrer charmant... Mais par la suite, j'ai trouvé une lettre que ma mère avait écrite à mon père du temps de leurs fiançailles, et j'ai compris ce qu'était vraiment l'amour, et que ce que j'éprouvais était loin d'en être.

Rob mourait d'envie de lui demander ce qu'elle ressentait à présent, ce que ce moment lui inspirait — ce que lui-même lui inspirait —, mais il n'osa pas.

— Qu'allez-vous faire, à présent? demanda-t-il

— Je ne sais pas, répondit-elle en soupirant. Si papa arrive ici avant que j'aie eu le temps de déguerpir, il faudra que je m'oppose à lui. J'aurais aimé éviter cela, mais tant pis. Il est hors de question qu'on me marie contre mon gré. Vous savez, je pense qu'il veut que j'épouse Stephen pour des raisons financières... Au début, cela ne m'avait pas frappée, mais maintenant que j'y pense, je me rends compte que Stephen et moi avons commencé à sortir ensemble exactement à l'époque où il a consenti ce gros prêt à papa.

Rob fronça les sourcils. Le fait que quiconque pût utiliser Jessica ainsi lui était odieux.

Tout en réfléchissant, il regarda machinalement par la fenêtre, et son visage s'éclaira.

— La neige a cessé de tomber, et on dirait même qu'elle commence à fondre. La température a dû monter!

— J'en ai trouvé un! s'écria Cathy, triomphante, au même instant.

La fillette entra dans le bureau, Michael sur ses talons. Ils portaient une grosse boîte en carton.

— Parfait, ma chérie, lui répondit Rob. Ecoute, je vais aller installer le puzzle dans la cuisine. Pendant ce temps, monte au premier et regarde si tu peux nous trouver un bulletin-météo, d'accord?

Après avoir déposé le jeu sur la table de la cuisine, Rob demanda à Jessica de l'attendre et alla rejoindre ses enfants à l'étage. Ils redescendirent tous les trois une vingtaine de minutes plus tard.

— Faites vos bagages, Jess, annonça Rob. Nous allons vous ramener à Kansas City.

— Quoi ? Mais pourquoi ?

— Nous en avons discuté tous les trois, et nous sommes prêts à rentrer en ville. Il faut que vous soyez partie d'ici avant l'arrivée de votre père, et nous sommes décidés à vous aider.

Les deux enfants hochèrent vigoureusement la tête pour marquer leur approbation. Tendresse et soulagement envahirent la jeune femme, qui leur adressa un sourire tremblant.

— J'imagine que je trouverai quelque part où me cacher un jour ou deux, à Kansas City, réfléchit-elle à haute voix. Merci. C'est vraiment gentil à vous d'abréger vos vacances pour moi.

— Pas de problème. Et nous avons même un endroit où vous cacher.

Elle posa sur Rob un regard intrigué.

— Tu vas rester avec nous ! s'exclama Cathy en lui prenant la main avec enthousiasme.

— C'est gentil, ma chérie, répondit Jessica en ébouriffant les boucles blondes de la fillette, mais j'ai bien peur que mon père n'ait aucun mal à me retrouver, chez vous. Il connaît le nom de ton papa...

— C'est ça qui est génial, intervint Rob, un large sourire aux lèvres. Je ne suis de retour à Kansas City que depuis une semaine, et je n'ai pas encore eu le temps d'acheter une maison ; pour l'instant, nous logeons dans celle de mon ex-femme, qui est à son nom de jeune fille. Impossible de nous y retrouver !

Un faible espoir commençait à envahir Jessica.

— Mais je ne voudrais pas mettre les enfants en danger..., protesta-t-elle faiblement.

— Ne vous inquiétez pas. La météo est très positive pour les heures à venir ; le temps que nous préparions nos affaires, les routes seront de nouveau sûres.

— Oh, Rob, comment pourrai-je vous remercier ?

— Inutile. Bon, à présent, allons faire nos paquets à l'étage. En route !

Tous obéirent avec enthousiasme.

Cependant, arrivé en haut des marches, Rob s'immobilisa, le cœur battant.

Quelqu'un venait de frapper à la porte d'entrée.

7.

Jessica étreignit le bras de son compagnon d'une main tremblante.

— Allez dans la cuisine avec les enfants, dit Rob, et tenez-vous tous tranquilles.

La jeune femme hocha la tête et, prenant Cathy et Michael par la main, elle descendit les marches sur la pointe des pieds. Les deux enfants, considérant cela comme un jeu, semblaient ravis.

Tendu comme un arc, Rob alla ouvrir.

— Bonjour m'sieur, annonça le petit homme en bleu de travail qui se tenait sur le pas de la porte. Nous sommes en train de déblayer la neige sur la route, et nous avons vu de la lumière chez vous, alors je me demandais si vous souhaiteriez que nous passions sur le chemin qui mène ici ?

Rob poussa un soupir de soulagement et sourit à son interlocuteur. Tirant un billet de dix dollars de sa poche, il le lui remit sans écouter ses protestations.

— C'est très gentil à vous, affirma-t-il. Merci beaucoup !

— Pas de quoi, répondit l'homme, visiblement ravi, en s'éloignant.

Lorsque Rob regagna la cuisine, il trouva Jessica et les

enfants serrés les uns contre les autres près de la porte du garage.

— Pas de problème, annonça-t-il, c'était seulement le conducteur du chasse-neige.

Jessica se détendit de façon visible.

— Bon, à présent, retournons à nos paquets, déclara Rob. Si tout va bien, nous arriverons à Kansas City à la tombée de la nuit. Je préviendrai Mme Hutchins de notre retour dès que possible, mais je préfère m'arrêter en route pour utiliser un téléphone public ; on ne sait jamais. Si votre père faisait effectuer des recherches, en appelant d'ici je le conduirais directement à nous.

— Il serait bien capable de faire une chose pareille, en effet, acquiesça Jessica avec un soupir.

Rob lui sourit d'un air rassurant.

— Ne vous inquiétez pas, j'ai vu pire...

Une demi-heure plus tard, tout était prêt : ils avaient rangé la maison, sorti les poubelles et entassé tous les bagages dans le 4x4 de Rob qui les attendait, prêt à partir.

Tandis que le véhicule reculait dans l'allée nouvellement déblayée, Jessica regarda la petite maison s'éloigner avec un pincement au cœur. Ç'avait été un merveilleux refuge...

— Vous pouvez revenir nous voir dès que vous le voudrez, observa Rob, qui avait surpris son regard mélancolique.

— Merci. Mais attention : je risque de vous prendre au mot !

En chemin, ils bavardèrent de tout et de rien, jusqu'au moment où la conversation porta sur Mme Hutchins, la gouvernante de Rob.

— Son mari et elle travaillent pour ma famille depuis une éternité, expliqua-t-il. Et dès que j'aurai trouvé une nouvelle maison pour les enfants et moi, ils viendront avec nous. Ce sont vraiment des gens charmants, et M. Hutchins m'a plus d'une fois tiré de bien mauvais pas !

Un frisson parcourut Jessica.

— Ne me dites pas que... que M. Hutchins était dans le même genre d'affaires que vous ? demanda-t-elle d'un air inquiet.

Rob la regarda sans comprendre. Après avoir jeté un coup d'œil par-dessus son épaule pour s'assurer que les enfants ne prêtaient pas attention à leur conversation, la jeune femme précisa à voix basse :

— Vous savez... comme Sims.

Un sourire s'épanouit sur les lèvres fermes de son compagnon.

— Non, rassurez-vous, M. Hutchins n'a jamais travaillé pour quelqu'un comme Sims.

— Oh, tant mieux.

Ils approchaient de l'intersection avec la route principale, sur laquelle Jessica avait eu son accident.

— Vous devriez vous baisser en attendant que nous ayons atteint l'autoroute, Jess, suggéra Rob. Au cas où votre père aurait décidé de venir s'assurer lui-même de la véracité de mes dires...

— Vous avez raison.

Voyant Jessica se baisser au-dessous du niveau de la portière et demeurer ainsi, Cathy ouvrit de grands yeux.

— Qu'est-ce que tu fais, Jessica ?

— Euh... C'est un jeu. Regarde : je mets mes mains sur mes yeux pendant que ton papa prend un objet, et je dois ensuite deviner de quoi il s'agit en posant des questions, tu comprends ?

— Je veux jouer aussi ! décréta la fillette.

— Moi aussi, moi aussi ! s'exclama Michael.

— Parfait, les enfants, déclara Rob. Alors, tout le

monde se baisse et se cache les yeux, d'accord? Je vais chercher un objet.

Ils avaient parcouru quelques kilomètres en « jouant » ainsi lorsque, à travers ses doigts, Jessica vit de la lumière qui venait vers eux.

— Une voiture? demanda-t-elle à mi-voix.

— Oui, et je ne serais pas étonné qu'il s'agisse de votre père. Je reconnais une limousine du service de l'aéroport.

— Mais cela fait à peine deux heures qu'il a appelé!

— Eh oui. Comme quoi nous avons bien fait de nous dépêcher de partir!

Jessica fut secouée par un long frisson. Dire qu'à dix minutes près elle aurait été confrontée à son père!

Lorsque Rob arrêta sa voiture dans une station-service pour aller téléphoner à Mme Hutchins, tous quatre commençaient à se lasser de leur jeu, et les enfants s'étaient d'eux-mêmes redressés sur leur siège.

— Je peux allumer la radio? demanda Jessica, comme son compagnon revenait avec des barres chocolatées pour tout le monde.

Durant l'heure qui suivit, ils écoutèrent en silence de la musique douce. Cathy et Michael, leurs confiseries avalées, ne tardèrent pas à s'endormir, bercés par la radio et le mouvement régulier du véhicule.

Au bout d'un moment, Rob jeta un coup d'œil à l'arrière.

— Bien. Ils dorment du sommeil des anges. Pouvez-vous les couvrir, Jessica?

Le jeune femme s'empressa d'obéir, étrangement émue d'accomplir ce simple geste.

— A présent, il faut que nous parlions, déclara Rob lorsqu'elle eut couvert les deux chérubins.

Quelque chose dans la voix de son compagnon la prévint que la conversation risquait d'être désagréable.

— D'accord, répondit-elle néanmoins.

— Avez-vous réfléchi à ce que vous alliez dire à votre père ?

— Non, pas vraiment. Seulement que je n'ai pas l'intention d'épouser Stephen, quels que soient ses sentiments pour moi, j'imagine.

— Pensez-vous que cela suffira à le convaincre ?

— Non, mais nous sommes presque au vingt et unième siècle, et il ne peut pas me forcer à me marier contre mon gré, n'est-ce pas ?

— Certes. En revanche, il peut vous couper les vivres.

— Impossible : j'ai hérité de ma mère quand elle est morte, il y a sept ans.

— Vous devez aussi vous préparer à perdre votre emploi. Vous m'avez dit que vous étiez comptable dans la société de votre père, c'est ça ?

Jessica ouvrit de grands yeux.

— Vous croyez qu'il me renverrait ? Mais je suis une excellente comptable !

Elle redressa fièrement le menton.

— Eh bien, s'il fait ça, je trouverai un autre travail, voilà tout !

Rob parut réfléchir quelques secondes.

— Dites-moi, Jessica, votre Stephen, que fait-il, dans la vie ?

— Ce n'est pas « mon » Stephen... Il dirige un fonds d'investissement. Mais il n'en parle pas beaucoup.

— A Kansas City ?

— Oui. Cela dit, il n'est arrivé en ville qu'il y a neuf mois environ. Avant, il vivait à Chicago.

Elle sentit Rob se raidir imperceptiblement.

— Et quel est son nom de famille ? s'enquit-il.

— Cattaloni.

— Bon sang !

— Que voulez-vous dire ?

Comme il ne répondait pas, les yeux fixés sur la route droit devant lui, elle insista :

— Rob ? Qu'est-ce qui ne va pas ?

Il poussa un long soupir.

— Je peux me tromper, mais je suis quasiment certain que Stephen Cattaloni a des contacts avec la mafia.

Abasourdie, Jessica demeura un instant incapable de parler. La mafia ! Mais comment Rob pouvait-il savoir une chose pareille ?

La réponse à cette question était, hélas, évidente.

— Rob, non !

— Je suis désolé, mon cœur.

— Je vous en prie, ne me dites pas...

— Jessica, écoutez-moi. Je sais de quoi je parle.

« C'est bien ce qui m'inquiète », songea-t-elle. Elle se couvrit les oreilles de ses deux mains, comme pour ne pas entendre la suite. Ainsi, elle avait commis deux fois la même erreur : elle s'était tout d'abord fiancée avec un mafieux, pour ensuite tomber amou... enfin, pour ensuite s'intéresser à un autre !

— Comment pouvez-vous vous regarder dans la glace le matin ? lui demanda-t-elle d'un ton accusateur.

— Ecoutez, je n'avais pas envie de vous le dire, mais il faut que vous sachiez à qui vous avez affaire.

— Je sais, mais...

Elle s'interrompit, luttant pour ravaler les sanglots qu'elle sentait monter au fond de sa gorge. Dire qu'il lui avait semblé si tendre, si protecteur ! Comment avait-elle pu se tromper à ce point ?

Soudain, elle se sentit blêmir. Ses enfants ! Avait-il seulement pensé à ses enfants ?

— Avez-vous... avez-vous mis de l'argent de côté pour les enfants ? demanda-t-elle d'une voix paniquée. Je veux dire, est-ce que...

— De quoi diable parlez-vous ? Quel est le rapport entre Stephen Cattaloni et mes enfants ?

— Oh, je vous en prie, Rob, je ne suis pas idiote !

— Vous peut-être pas, mais moi, je commence à me demander si je ne suis pas complètement bouché ! De quoi voulez-vous parler, pour l'amour du ciel ?

— Rien. Laissez tomber.

A quoi bon discuter avec lui, puisqu'il refusait d'admettre la vérité ?

— Ecoutez, Jessica, nous ne pouvons pas faire comme si de rien n'était. Cette histoire est grave, très grave. Vous m'avez dit que votre père était très contrarié, puis que tout s'était arrangé lorsqu'il avait reçu un prêt de Stephen, n'est-ce pas ?

Il n'eut pas besoin d'en dire davantage : Jessica avait compris. Et à présent, elle réalisait ce qui se passait : en réalité, seuls les fonds de Stephen maintenaient la compagnie familiale à flot. Ce qui expliquait l'importance que son père accordait à ce mariage...

— Vous ne savez pas s'ils font quelque chose de mal..., protesta-t-elle faiblement, pour la forme.

— Non, mais j'ai de gros soupçons.

— Je ne le croirai pas tant que je n'aurai pas de preuves.

— Et si je vous en fournissais ?

— Eh bien, je... j'imagine que j'essaierais de trouver un moyen de protéger mon père avant que la police ne s'en mêle, balbutia Jessica.

— Euh, Jess, il y a un petit quelque chose que j'ai omis de vous dire...

— Encore des mauvaises nouvelles ?

Elle n'était pas sûre de pouvoir en supporter bien davantage...

— C'est une question de point de vue. Vous voyez... euh... je suis du F.B.I.

8.

— Mais oui, bien sûr, répondit Jessica avec un petit rire sec. Et moi, je suis la reine d'Angleterre.

— Vous ne me croyez pas ?

— Si vous étiez du F.B.I., vous me l'auriez dit depuis longtemps.

— On nous apprend à nous taire, Jessica. Par ailleurs, j'ai été infiltré pendant très longtemps dans un groupe mafieux, et il est essentiel encore aujourd'hui que le moins de gens possible sachent qui je suis réellement.

Jessica poussa un soupir las.

— Je vous en prie, Rob, ça ne sert à rien. Inutile d'essayer de me faire croire que vous êtes du bon côté de la barrière.

Interloqué, il lui jeta un coup d'œil, cherchant à déchiffrer son expression.

— Vous ne me croyez vraiment pas, alors ?

— Ecoutez, Rob, j'ai tout compris dès le premier soir, quand je vous ai entendu au téléphone. Je n'approuve pas vos choix, et je m'inquiète pour les enfants, mais ce qui est fait est fait.

— Et de quoi me pensez-vous coupable, au juste ? s'enquit-il d'un ton lourdement ironique.

— Je ne sais pas. Mais vous avez promis de « mettre un

sacré bazar » quelque part, et je sais que ça ne présage rien de bon.

— Même si c'est dans l'organisation mafieuse en question que je compte mettre le bazar ?

Au lieu de répondre, Jessica soupira doucement. De nouveau, Rob essaya de voir son visage. Seigneur, elle pleurait ! Aussitôt, il ralentit et s'arrêta sur le bas-côté de la route.

— Mon cœur, vous pleurez ? demanda-t-il doucement en la prenant dans ses bras.

Elle se raidit légèrement mais ne chercha pas à se dégager.

— Non, mentit-elle, des larmes dans la voix.

— Pourquoi pleurez-vous ?

Un long silence lui répondit. Puis Jessica balbutia :

— Parce... parce que je ne veux pas que vous soyez un sale type.

Quelle situation absurde ! C'était bien la première fois qu'il était contraint de prouver son innocence de cette façon.

— Ma douce, je vous jure que je travaille pour le F.B.I., c'est vrai, croyez-moi.

— Dans ce cas, montrez-moi votre badge.

Zut. Zut... et zut !

— Euh... en vérité, je ne fais plus vraiment partie du F.B.I. J'ai démissionné pour m'occuper de mes enfants. La semaine dernière. Je vous jure que c'est vrai, sur la tête des petits. Ne pouvez-vous me croire sur parole ?

— Si, bien sûr, rétorqua-t-elle avec raideur en s'efforçant de le repousser.

— Jessica, je croyais que vous me faisiez confiance ? J'essaie de vous aider, ne l'oubliez pas !

— Ça ne veut rien dire. Bon sang, suis-je censée croire que vous êtes un type bien uniquement parce que vous embrassez comme un dieu ? s'exclama-t-elle.

Un sourire diaboliquement séduisant éclaira le visage de son interlocuteur.

— Vous pensez que j'embrasse comme un dieu?

Elle leva les yeux au ciel et se carra au fond de son siège.

— Contentez-vous de conduire, d'accord? Nous discuterons de tout ça plus tard.

— Je préférerais...

— Papa, intervint une voix ensommeillée, nous sommes arrivés à la maison?

Rob étouffa un soupir exaspéré. Il était évident qu'il n'arriverait à rien pour l'instant.

— Presque, ma chérie, répondit-il à Cathy. Rendors-toi.

Sur ces mots, il ralluma le moteur et redémarra.

Une demi-heure plus tard, il ralentissait devant la maison de son ex-femme.

Jessica ne sortit de son mutisme qu'une fois le 4x4 complètement immobilisé.

— Je porterai Michael à l'intérieur et vous Cathy, d'accord?

— Parfait, merci beaucoup.

Lorsqu'ils approchèrent du seuil avec leurs précieux fardeaux, la porte s'ouvrit toute grande sur un couple d'âge mûr.

— Entrez, entrez, Jessica, déclara la femme en souriant. Vous devez être épuisée, ma pauvre chérie. C'est tellement gentil à vous d'avoir aidé Robbie avec les enfants.

— Merci, madame Hutchins. J'espère que je ne vous dérange pas trop...

— Ne dites pas de bêtises, coupa la gouvernante d'une voix maternelle. Suivez-moi, vous allez pouvoir déposer ce petit chou dans son lit.

Jessica obéit et suivit Mme Hutchins à l'étage. Ce faisant, elle regardait autour d'elle; tout, dans cette maison, était impersonnel, froid, bien que très élégant. Décidément, songea-t-elle, l'ex-Mme Berenson ne semblait pas être quelqu'un de très chaleureux...

Après avoir aidé Mme Hutchins à déshabiller et à coucher Michael, elle ressortit avec elle sur le palier.

— Je vous ai préparé la chambre adjacente à celle de Robbie, déclara la vieille dame d'un ton affable en lui désignant une porte, un peu plus bas dans le corridor. Vous aurez votre propre salle de bains. Rob a dit que vous aviez perdu toutes vos affaires dans la tempête, alors je vous ai mis une chemise de nuit sur le lit.

— Merci infiniment, madame Hutchins. J'apprécie beaucoup votre hospitalité.

— C'est la moindre des choses, ma chère petite. Tous les amis de Robbie sont nos amis. Désirez-vous quelque chose à boire ou à manger avant de vous coucher?

— Non, merci.

Après avoir souhaité une bonne nuit à la gouvernante, Jessica se dirigea vers la porte qu'elle lui avait indiquée. Mais au moment de tourner la poignée, elle vit Rob sortir d'une autre chambre — probablement celle de Cathy. Il se dirigea aussitôt vers elle.

— Vous avez tout ce qu'il vous faut?

— Oui, merci, Rob.

— Vous devez être épuisée, je vais vous laisser vous reposer. Bonne nuit.

— Bonne nuit, répondit Jessica sans pour autant entrer dans sa chambre.

Allait-il se retirer ainsi... sans l'embrasser?

Comme s'il avait deviné ses pensées, il s'approcha d'elle et déposa un baiser rapide, très léger, sur ses lèvres. La jeune femme ferma les yeux, prête à s'abandonner à son étreinte; mais lorsqu'elle les rouvrit, ce fut pour voir la haute silhouette de Rob s'éloigner vers la porte de sa propre chambre.

— Jessica... tu es réveillée ?

Jessica lutta pour ouvrir les yeux, mais en vain. Déjà, elle se rendormait sans effort lorsqu'une petite main fraîche se posa sur sa joue. Cette fois, elle parvint à ouvrir les yeux, et trouva Cathy debout à côté du lit.

— Papa m'a dit de venir voir si tu voulais un petit déjeuner, expliqua la fillette. J'ai appelé depuis la porte, mais tu n'as pas répondu.

Jessica sourit à Cathy et lui caressa les cheveux avant de jeter un coup d'œil au réveil posé sur sa table de nuit.

— Oh, il est déjà 9 heures ! Est-ce que vous avez pris votre petit déjeuner ?

— Non, on t'attend. Nana a fait des pancakes, ajouta Cathy d'un air gourmand.

— Dans ce cas, je vais me dépêcher. Il n'est pas question que nous mangions nos pancakes froids, pas vrai ?

— C'est surtout pour Michael, répondit très sérieusement Cathy. Il a toujours faim !

Dès que la petite fille eut quitté la pièce, Jessica se doucha rapidement et remit son jean et son T-shirt.

Au rez-de-chaussée, elle trouva toute la famille — les Hutchins compris — installée autour de la grande table de la cuisine.

— Ce matin, vous étiez davantage la Belle au bois dormant que Boucle d'Or, observa Rob, ce qui déclencha l'hilarité des deux enfants.

— Est-ce qu'on peut manger, maintenant ? demanda Michael presque aussitôt.

Sa petite mine suppliante fit sourire Jessica, et tous se mirent en devoir de déguster les délicieux pancakes au sirop d'érable de Mme Hutchins.

— Je pense qu'il serait bon que vous fassiez quelques courses, aujourd'hui, observa Rob à l'intention de Jessica.

— Oui, j'ai en effet l'intention d'aller dans les magasins.

— Parfait. Nous partirons à 10 heures.

— *Nous ?*

— Pas question que je vous lâche d'une semelle tant que vous aurez votre père et ce Cattaloni à vos trousses, rétorqua-t-il d'un ton sans appel.

— Et moi, papa, je peux venir avec Jessica et toi ? supplia Cathy.

Ce fut la jeune femme qui répondit.

— Pas aujourd'hui, ma puce. Ton papa et moi allons devoir faire plein de choses très ennuyeuses. Une autre fois, nous irons faire des courses rien que toutes les deux, d'accord ?

Un peu renfrognée, Cathy finit par hocher la tête.

— Bon, d'accord. Mais avant de partir, tu viens voir mes poupées !

Jessica obéit de bonne grâce, et demeura avec la fillette jusqu'à 10 heures, heure à laquelle elle rejoignit Rob dans le vestibule.

Sans un mot, il lui ouvrit la porte, et ils sortirent. Avec surprise, Jessica constata qu'à la place du 4x4 de la veille les attendait une Mercedes rutilante.

— A qui appartient cette voiture ?

— A moi, répondit Rob en lui ouvrant la portière côté passager. J'ai acheté le 4x4 pour faire plaisir aux enfants, mais, en ville, ceci me paraît largement suffisant. Où allons-nous ?

— Au Plaza, répondit automatiquement Jessica.

Il s'agissait du centre commercial le plus luxueux de la ville. Rob fronça les sourcils.

— Ne risquez-vous pas d'y rencontrer des connaissances ?

— Le lendemain de Thanksgiving ? Aucun risque ! Tout le monde est à la campagne.

La suite devait prouver à Jessica qu'elle se trompait.

Une heure plus tard, elle se trouvait dans le salon d'essayage de sa boutique préférée avec une pile de vêtements, pour la plupart choisis par Rob qui avait une opinion très arrêtée, semblait-il, sur ce qui lui conviendrait ou pas.

Elle s'apprêtait à ôter un petit pull sans manches bleu vif — supposé, selon son compagnon, faire « ressortir son regard » — lorsque le rideau de la cabine s'ouvrit, livrant passage à... Rob.

— Chut ! chuchota-t-il comme elle se préparait à le tancer vertement pour son impudence. Cattaloni est là, dehors.

Un long frisson parcourut Jessica, qui se pencha pour jeter un coup d'œil dans l'embrasure du rideau. Effectivement, Stephen se trouvait tout près de l'entrée du salon d'essayage, en grande conversation avec une femme.

— Prends ce que tu veux, ma belle, ça me fait plaisir, disait-il.

— Oh, Stevie, tu es tellement généreux !

— Que veux-tu, bébé, c'est dans ma nature !

— Mais je ne comprends toujours pas pourquoi il faut que tu te fiances avec cette fille, ce soir.

— Allons, je t'ai déjà expliqué que ce n'était qu'une mascarade. Elle a des contacts qui peuvent m'être utiles, c'est tout.

Rob vit Jessica pâlir. Sentant qu'elle risquait de commettre une imprudence, il la rattrapa par le bras.

— N'y allez pas, lui dit-il à voix basse. Il faut que vous parliez avec votre père d'abord. Il serait idiot d'agir tant que vous ne savez pas de quelle façon Cattaloni le fait chanter.

La jeune femme dut admettre qu'il avait raison.

— Alors, nous sommes condamnés à rester ici jusqu'à ce qu'ils s'en aillent ?

— Vous allez voir, je connais un moyen de faire passer le temps plus vite, murmura Rob en déposant un baiser dans son cou.

Jessica sursauta, mais ne le repoussa pas lorsqu'il la prit dans ses bras et l'embrassa à en perdre le souffle.

— Oh, Jessica, chuchota-t-il enfin, j'ai tellement envie de vous... Vous me rendez fou.

Avant qu'elle ait pu répondre, la voix un peu traînante de la compagne de Stephen Cattaloni leur parvint.

— Bon, je crois que c'est tout ce dont j'ai besoin ici... Maintenant, ce qu'il me faudrait, c'est quelque chose de très brillant... Un peu comme un diamant, tu vois, Stevie chéri ?

— Ce que tu voudras. Nous passerons à la bijouterie en partant.

Leurs voix s'éloignèrent bientôt. Après s'être assuré que la voie était libre, Rob se glissa hors de la cabine d'essayage. De son côté, Jessica remit les vêtements avec lesquels elle était arrivée avant de l'imiter. Dix minutes plus tard, ils se dirigeaient vers la voiture de Rob.

Jessica claqua la portière et ferma les yeux, nerveusement épuisée.

— Je pense que je devrais parler à papa dès aujourd'hui.

— Pas question, rétorqua Rob. La réception a lieu ce soir, je vous le rappelle. Vous aviez dit que vous attendriez demain afin d'être sûre qu'il ne puisse pas annoncer vos fiançailles.

— Mais j'ai réfléchi. Lorsque je lui dirai que Stephen est lié à la mafia et a une maîtresse, il ne voudra plus m'obliger à l'épouser. En plus, si je ne le contacte pas, il risque de raconter à tout le monde que je suis malade et d'annoncer tout de même mes fiançailles.

La vérité était qu'elle souhaitait à tout prix donner une

seconde chance à son père, la possibilité de se disculper, de lui prouver que les soupçons qu'elle nourrissait à son égard n'étaient pas fondés.

— Mais si vous l'appelez de la maison, il viendra vous trouver. Il vaut mieux que vous téléphoniez d'une cabine. Et ne restez pas au bout du fil plus de deux minutes, il est probable qu'il cherchera à vous retenir pour envoyer quelqu'un vous chercher.

Rob démarra, quitta le garage du centre commercial et s'engagea dans une rue presque déserte. Cinq minutes plus tard, il se garait devant une cabine téléphonique.

— Je vous attends ici.

Jessica lui fut reconnaissante de cette preuve de tact et s'empressa d'aller téléphoner. Elle composa le numéro de chez elle, les doigts tremblants, et attendit.

— Papa? C'est moi, Jessica, annonça-t-elle dès que John Barnes eut décroché. Je ne peux te parler qu'une minute. Je voulais simplement que tu saches que j'ai découvert que Stephen avait des liens avec la mafia et une maîtresse. Je ne sais pas jusqu'à quel point tu es impliqué avec lui, mais je ne l'épouserai jamais, quoi qu'il se passe ce soir.

— Que dis-tu? rugit son interlocuteur.

— Tu m'as très bien entendue.

— Comment sais-tu ça?

— C'est un... un ami qui m'a appris ses relations avec la mafia. Et j'ai vu Stephen avec une jeune femme au Plaza, et je l'ai entendu dire qu'il ne se fiançait avec moi qu'à cause des contacts que cela lui rapporterait.

— Je n'arrive pas à le croire!

— Papa, il faut que je sache. Es-tu impliqué dans quelque chose d'illégal avec Stephen?

— Non! Bien sûr que non. Comment peux-tu penser...

— Notre compagnie va mieux depuis que vous êtes amis, souligna-t-elle.

— Il m'a fait un prêt, je te l'ai déjà expliqué.

— Tu dois le rembourser sur-le-champ.

— Je ne peux pas, Jessica. Nous sommes dans une situation financière désastreuse. Je n'ai pas les moyens de lui rendre son argent.

— Papa, il est impératif que tu trouves une solution. Je soupçonne Stephen de vouloir blanchir de l'argent sale par l'intermédiaire de notre société.

— Je n'accepterai jamais une chose pareille !

— Dans ce cas, il te demandera de lui rendre son argent.

Il y eut un long silence. Jessica sentait que son père commençait à comprendre et à paniquer.

— Promets-moi que tu n'annonceras pas mes fiançailles, ce soir.

— Vas-tu rentrer à la maison ?

— Demain, à condition que tu n'aies pas fait l'annonce.

— Je veux que tu reviennes tout de suite !

A cet instant, une main se posa sur l'épaule de Jessica et elle sursauta violemment. C'était Rob, qui lui désignait sa montre d'un air éloquent.

— Combien as-tu emprunté à Stephen ? Il faut que je sache, demanda-t-elle à son père.

— Un million de dollars, répondit-il après un long silence.

Le cœur de la jeune femme se serra. Comment faire pour trouver une somme pareille ?

— Il faut que je te laisse, papa. Nous en reparlerons demain, nous trouverons une solution. Fais de ton mieux, ce soir.

Rob raccrocha à sa place.

— Dépêchez-vous de monter dans la voiture avant que quelqu'un ne débarque ici et ne nous suive, dit-il d'une voix sans appel. Je ne veux pas faire courir de risques inutiles à mes enfants.

90

A la mention de Cathy et Michael, Jessica s'empressa d'obéir. Il n'était pas question de mettre les petits en danger.

Rob démarra à la hâte et se mêla à la circulation. Moins d'une minute plus tard, ils étaient loin de la cabine. Jessica lui résuma sa conversation avec son père.

— Qu'avez-vous l'intention de faire, à présent ? s'enquit Rob lorsqu'elle eut terminé.

— Je dois trouver un moyen de rembourser ce prêt. L'héritage de ma mère représente environ la moitié de la somme ; il faudra également vendre la maison.

Cette perspective lui fendait le cœur. Elle avait toujours vécu dans cette demeure, y avait ses meilleurs souvenirs ; elle représentait par ailleurs son dernier lien avec sa mère défunte. Mais s'il lui fallait la vendre pour sauver son père, elle n'hésiterait pas.

— Votre père acceptera-t-il de la mettre en vente ?

— J'en possède la moitié, et je n'ai pas l'intention de lui laisser le choix.

— Cattaloni ne va pas apprécier ça... Il risque de chercher à vous mettre des bâtons dans les roues. Combien de temps vous faudra-t-il pour trouver un acheteur, selon vous ?

Jessica se prit la tête entre les mains.

— Je n'en ai pas la moindre idée ! C'est une maison superbe, mais les gens ayant les moyens de l'acheter ne sont pas légion. Il y a un immense jardin, une piscine, un garage pour cinq voitures...

— Combien de chambres ?

— Huit ou neuf, je ne suis pas sûre. Pourquoi ? Vous êtes intéressé ?

Il lui répondit par un sourire énigmatique.

— Avez-vous eu une enfance heureuse dans cette maison ?

— Oh, oui ! merveilleuse ! Et vous ? Avez-vous eu une

enfance heureuse ? ajouta-t-elle, réalisant qu'elle ignorait quasiment tout de lui.

— Très. Malheureusement, mes parents sont morts dans un accident d'avion quand j'avais onze ans — quelqu'un avait mis une bombe dans la soute.

— C'est pour cette raison que vous êtes entré au F.B.I. ? Rob jeta un coup d'œil plein d'espoir à sa passagère.

— Ainsi, vous me croyez à présent ?

— Oui, répondit-elle après une petite hésitation. Vous n'êtes pas du tout comme Stephen.

Avec un large sourire, il se pencha rapidement et lui donna un baiser sur la joue.

— Merci. Cela me va droit au cœur, ajouta-t-il avec un clin d'œil.

— Vous n'avez pas répondu à ma question. Est-ce à cause de l'acte de terrorisme qui a coûté la vie à vos parents que vous êtes entré au F.B.I. ?

— Oui. Et aussi parce que je n'avais pas de proche famille. Ça faisait de moi un candidat parfait. Mais je n'ai pas tardé à souffrir de ce manque d'attaches, en dépit de mon travail que j'adorais, et c'est pour cette raison que j'ai épousé Sylvia.

— Pour avoir un foyer...

— Absolument. Ce qui me ramène à la question qui me préoccupe en ce moment : je dois trouver une maison pour ma petite famille. Heureusement, je crois avoir résolu mon problème.

— Ah bon ?

— Oui. Je pense que je vais acheter la vôtre.

92

9.

Jessica regarda son compagnon d'un air abasourdi.

— Mais... cette maison vaut au moins sept cent cinquante mille dollars ! J'ignorais que les agents du F.B.I. étaient si bien payés.

— Ils ne le sont pas, rassurez-vous, mais il se trouve que mon père avait fait quelques investissements heureux, avant sa mort, qui me laissent à l'abri du besoin. A vrai dire, je pourrais même vivre de mes rentes si je le souhaitais !

Il avait dit cela avec un naturel confondant, comme si cette fortune ne représentait pour lui qu'un détail.

— Alors, reprit-il, quand pourrai-je aller visiter votre propriété ? J'aimerais emmener les enfants avec moi. Il est important qu'ils aiment l'endroit autant que moi.

— Il faudra que j'en parle d'abord avec mon père. Je vous appellerai ensuite.

Quelque chose dans son ton alerta Rob, qui jeta à la jeune femme un coup d'œil en coin. Elle se mordait nerveusement la lèvre inférieure, comme toujours lorsqu'elle était contrariée, constata-t-il. Sans doute était-elle triste à la pensée de devoir vendre la demeure où elle avait passé son enfance... Mais il était trop tôt encore pour lui parler des projets qu'il nourrissait.

— Mme Hutchins a prévu un rôti pour midi, déclarat-il d'un ton léger afin de changer de conversation. Cela dit, si vous n'aimez pas ça, je peux l'appeler pour lui demander autre chose. Elle est prête à faire n'importe quoi pour vous ; elle a bien vu que vous aimiez les enfants et, pour elle, c'est le principal !

— Ce n'est pas difficile : ce sont des enfants formidables. Vous avez beaucoup de chance.

— C'est vrai, j'en suis conscient.

Rob était heureux de voir que Jessica aimait ses enfants. Cela lui faciliterait les choses...

Cathy et Michael les attendaient sur le perron, lorsqu'ils arrivèrent.

— Papa ! Le déjeuner est prêt ! annonça aussitôt Cathy.

— Nana a fait une tarte aux pommes pour le dessert, renchérit Michael, un large sourire aux lèvres.

— Alors, tu dois être heureux, pas vrai ? demanda Rob, amusé. Eh bien, j'espère que cette tarte aura le même effet sur Jessica.

Cathy se tourna aussitôt vers l'intéressée d'un air inquiet.

— Tu fais la tête, Jessica ?

— Mais non, pas du tout ! protesta la jeune femme.

— Viens avec moi, décréta Cathy d'un ton sans appel. Je vais m'occuper de toi.

Et là-dessus, elle la prit par la main et la tira vers la porte d'entrée, sous le regard attendri de son père.

Il était impossible de s'étendre sur ses problèmes lorsqu'on était entouré de deux enfants aussi adorables, songea Jessica tandis qu'elle regardait Cathy et Michael gambader gaiement à quelques mètres d'eux.

Après le déjeuner, Rob avait déclaré aux enfants qu'il souhaitait qu'ils fassent visiter le quartier à leur invitée, et ils s'étaient montrés si excités à cette perspective que Jessica n'avait pas eu le cœur de répondre qu'elle préférait demeurer dans sa chambre. Au demeurant, il eût été criminel de refuser cette promenade : le temps était splendide.

— On a du mal à croire que, hier encore, nous étions enneigés au fond des bois ! observa-t-elle.

Un passant les croisa, promenant un immense doberman en laisse. Aussitôt, Cathy revint en courant vers son père, Michael sur ses talons.

— Tu as vu le gros chien, papa ? Il est plus grand que Michael !

— Un tout petit peu seulement, observa ce dernier, vexé.

— Je voulais justement vous poser une question, les enfants. Est-ce que vous aimeriez avoir un chien ?

— Oh, oui ! répondirent-ils en chœur.

— Mais maman ne veut pas d'animaux dans sa maison, ajouta Michael d'un air dépité.

— Si nous habitions dans une nouvelle maison avec un grand jardin, ça ne poserait pas de problème, souligna Rob.

En disant cela, il posait sur ses enfants un regard si plein d'amour que Jessica en eut le cœur serré.

Certes, elle désirait Rob physiquement, elle admirait sa force de caractère et appréciait son sens de l'humour ; mais c'était sa façon de s'occuper de ses enfants, de les aimer, qui l'avait réellement séduite. C'était avant tout du père qu'elle était tombée amoureuse.

— Ce serait génial d'avoir un chien, hein, Jessica ? demanda Cathy en se tournant vers elle, les yeux brillants.

— Oui, ma chérie. Mais tu sais, c'est une grosse responsabilité. Quand on a un chien, il faut le promener, le nourrir, le brosser...

— Je ferai tout ça, affirma la fillette avec sérieux. Papa, est-ce que nous pouvons aller chercher un chien tout de suite ?

— Doucement, ma puce, il nous faut d'abord dénicher la maison, n'oublie pas !

Rob jeta un coup d'œil en direction de Jessica, et elle se remémora une fois de plus avec désarroi leur conversation dans la voiture.

A présent, elle était pauvre. Et Rob, immensément riche. Ce qui rendait tout avenir impossible, pour eux...

— A ce propos, je crois que j'ai peut-être trouvé une maison, continua Rob. Celle de Jessica.

Une joie indicible se peignit sur les traits de Cathy.

— Ça veut dire que nous allons tous aller vivre avec Jessica ? demanda-t-elle, les yeux brillants.

— Oh, non, ma chérie, ce n'est pas ça, intervint Jessica.

Le sourire de Cathy se figea.

— Tu ne veux pas vivre avec nous ?

Jessica s'arrêta et s'agenouilla pour prendre la fillette dans ses bras.

— Là n'est pas le problème, Cathy. Je suis sûre que vivre avec Michael et toi serait super, mais je dois vendre ma maison. Je ne pourrai plus y vivre.

— Mais nous pouvons partager, insista la petite fille d'un air désespéré.

Dieu, que c'était dur ! Jessica dut faire un effort surhumain sur elle-même pour ravaler les larmes qui lui montaient aux yeux et sourire à l'enfant.

— Tu es un amour, mais c'est impossible. Je me trouverai un autre endroit où habiter. Peut-être pas trop loin, comme ça nous pourrons aller faire du shopping toutes les deux de temps en temps, d'accord ?

— D'accord ! Et dis-moi, Jessica, dans ta maison, il y aura assez de place pour mes poupées ?

— Oh, oui ! En fait, tu pourras prendre mes chambres, elles seront parfaites pour tes poupées et toi. Il y en a deux, l'une à côté de l'autre ; une grande et une petite. Tu n'auras qu'à installer tes poupées dans la petite et dormir dans la grande. C'est ce que je faisais, moi, quand j'avais ton âge.

Une vague de mélancolie l'envahit au souvenir de toutes les heures merveilleuses qu'elle avait passées à jouer, à lire et à rêver dans la grande demeure.

— Mais je serai triste, si je prends ta chambre, fit valoir Cathy en fronçant les sourcils.

— Non, parce que, moi, je serai heureuse de vous savoir dans cette maison. Je ne veux pas qu'elle soit sinistre après mon départ, et je sais qu'elle sera très gaie si Michael et toi y vivez.

Le visage de la fillette s'éclaira. Au même instant, Michael s'écria :

— Regardez ! Le square !

Et aussitôt, les deux enfants se mirent à courir en direction des portes de l'aire de jeux, heureux et insouciants.

Ce soir-là, Cathy et Michael se couchèrent très tôt, épuisés par les jeux et le grand air. Les Hutchins se retirèrent également peu après le dîner, et Jessica et Rob se retrouvèrent seuls dans la cuisine autour d'un café.

— Les enfants m'ont tous les deux dit qu'ils s'étaient amusés comme des fous, aujourd'hui, déclara Rob.

— Moi aussi, j'ai passé un bon moment, répondit Jessica en s'efforçant de ne pas trahir la mélancolie qu'elle éprouvait en prononçant ces mots.

— Je me réjouis de leur acheter un chiot. Je pense que c'est très important pour des enfants d'avoir un animal familier. Vous possédiez un chien, vous, quand vous étiez petite ?

— Non. Mon père ne voulait pas d'animaux dans la maison.

Rob la regarda sans rien dire. Sans savoir pourquoi, cependant, elle se crut obligée de défendre son père.

— Beaucoup de gens sont réticents à avoir des bêtes chez eux, souligna-t-elle.

— Alors, vous n'avez jamais eu d'animal domestique ?

Cette question la mettait mal à l'aise. Elle lui rappelait l'envie lancinante qu'elle avait eue toute son enfance de posséder un animal, un chien ou un chat, à chérir et à qui confier tous ses secrets.

— J'ai eu un poisson rouge, une fois, hasarda-t-elle. Mais il est mort.

Rob eut un reniflement méprisant.

— On ne peut pas caresser un poisson rouge !

— Je sais.

Jessica sursauta en sentant la main de son compagnon se poser sur la sienne avec tendresse.

— Vous pourrez venir avec nous choisir le chiot.

— Merci, mais il faudra que je travaille, s'empressa-t-elle de répondre, consciente qu'elle devait d'ores et déjà limiter au maximum ses contacts avec la famille Berenson.

— Nous irons un soir, dans ce cas.

Jessica demeura silencieuse. A quoi bon discuter, de toute façon ? Une fois qu'elle aurait convaincu son père de vendre leur maison à Rob, elle ne les verrait plus, ses enfants et lui...

Toute sa vie, on l'avait mise en garde contre les gens

98

qui risquaient de l'utiliser, de rechercher sa compagnie à cause de la fortune de sa famille. Cela l'avait empêchée d'avoir des amis — exceptés ceux que son père lui choisissait lui-même ; cela avait rendu toute perspective de mariage quasiment inenvisageable.

Lorsqu'elle avait rencontré Rob, elle s'était dit que, peut-être, elle avait enfin trouvé quelqu'un en qui elle pourrait avoir confiance, quelqu'un qui puisse l'apprécier pour elle-même...

Soudain, le contact des mains de Rob sur ses épaules la ramena à la réalité. Pendant qu'elle rêvassait, il s'était levé de son siège et approché d'elle et, à présent, il déposait de petits baisers sur son cou, ses cheveux, son menton.

Presque malgré elle, Jessica se tourna à demi vers lui et entrouvrit les lèvres.

Pour la première fois de sa vie, elle avait envie de tout oublier, à l'exception de l'homme qui la tenait dans ses bras. Le désir qu'elle éprouvait de ne faire qu'un avec lui, de se fondre en lui était tel qu'elle en était abasourdie. Déjà, ses mains couraient sur le torse de son compagnon, déboutonnaient fiévreusement sa chemise, comme mues par une volonté propre ; et elle ne protesta pas lorsque Rob, à son tour, ouvrit le chemisier qu'elle portait pour dévoiler sa poitrine.

Elle sentit la bouche de son compagnon quitter la sienne pour descendre caresser la pointe d'un sein, et crut un instant qu'elle allait défaillir de plaisir.

Cependant, Rob ne tarda pas à se dégager doucement et à remettre son vêtement en place, lui arrachant un petit gémissement de frustration.

— Je suis désolé, mon cœur, mais je ne voudrais pas que les enfants, ou même les Hutchins, viennent chercher un verre d'eau et nous trouvent dans cette position...

Jessica revint aussitôt sur terre, et une vive rougeur envahit ses joues. Seigneur, que lui était-il arrivé ? C'était bien la première fois de sa vie qu'elle perdait ainsi tout contrôle de ses émotions dans une cuisine... Une cuisine qui n'était même pas la sienne, de surcroît !

Après s'être rajustée à la hâte, elle déclara d'une voix décidée :

— Je partirai demain matin à la première heure. Si je ne vous vois pas...

— Pourquoi ne me verriez-vous pas ? demanda-t-il d'un air surpris.

— Vous aurez peut-être envie de... de faire la grasse matinée, ou je ne sais quoi.

Elle déglutit avec difficulté et se força à détourner les yeux de son torse puissant, de ses épaules larges et rassurantes ; elle savait que si elle regardait Rob plus longtemps, elle se jetterait de nouveau dans ses bras.

— Demain, on est samedi, observa Rob. Je n'ai rien de prévu...

— J'essayais de vous remercier de votre accueil ici, Rob. C'était vraiment adorable à vous de me donner asile ainsi.

La jeune femme était consciente de l'absurdité de ses paroles. Elle s'adressait à cet homme qui venait de la caresser avec passion comme s'il se fût agi d'un étranger...

— De rien, répondit Rob en s'approchant pour essayer de lui voler un nouveau baiser.

Comme elle détournait la tête, il fronça les sourcils d'un air perplexe.

— Tout va bien ?

— Oui, bien sûr, mentit-elle. Mais tant de choses vont changer, demain... Je rentrerai chez moi, et les enfants et vous...

100

— Je viendrai avec vous.

Cette intervention, calme et décidée, la prit par surprise, et elle demeura bouche bée, incapable de terminer sa phrase.

— Comment ? Mais je ne peux pas vous montrer la maison avant d'avoir parlé à mon père ! objecta-t-elle. Je vous appellerai dès que...

— Ce n'est pas pour cela que je veux vous accompagner. Il est indispensable que votre père comprenne la gravité de la situation. Sinon, il risque de vous mettre tous les deux en danger.

— Je peux tout lui expliquer moi-même, argumenta Jessica.

— Je n'en suis pas si sûr, mon cœur. D'après ce que j'ai pu voir et entendre, votre père est un tantinet têtu, et je crains fort qu'il refuse de vous écouter.

— Je me débrouillerai. Je n'ai pas besoin de vous, insista-t-elle, butée.

— Hé, vous ne voudriez tout de même pas que j'abandonne ma Boucle d'Or maintenant ? Vous êtes sous ma responsabilité.

— Pas du tout. Boucle d'Or s'est enfuie de la maison des trois ours, je vous le rappelle. Elle s'est débrouillée toute seule.

Une nouvelle fois, Rob tendit les bras vers elle et la serra contre lui.

— Mais je ne suis pas un vrai ours, mon ange. Contrairement à Stephen. Et nous ne sommes pas dans un conte de fées. Il pourrait y avoir des blessés — ou pire.

Hélas, songeait Jessica, elle était déjà mortellement blessée... et pas par Stephen. Rob, ses caresses ensorcelantes, ses enfants adorables — voilà ce qui la faisait souffrir, en vérité. Elle était en train de tomber désespérément amoureuse de lui, tout en sachant qu'elle ne pourrait jamais faire partie de sa vie.

La bonne société de Kansas City accueillerait Rob les bras ouverts — les femmes, surtout. En un rien de temps, il deviendrait le point de mire de tout ce petit monde, un monde auquel Jessica avait appartenu, et qui lui serait désormais fermé à tout jamais. Sans argent, elle savait qu'on l'ignorerait ; elle avait déjà vu cela se produire.

Au moins, se dit-elle avec amertume, elle n'aurait pas à voir Rob se trouver une épouse, choisir une nouvelle mère pour Cathy et Michael.

Mais elle saurait. Et sa douleur serait intolérable.

— Il faut que j'aille me coucher, déclara-t-elle d'une voix blanche en tentant de se dégager de son étreinte.

— Je ne vous laisserai pas partir tant que vous ne m'aurez pas promis de me laisser venir avec vous voir votre père, demain.

— Je n'en vois pas l'intérêt. Vous savez, papa ne va guère apprécier que vous m'ayez aidée à lui échapper.

— Raison de plus pour que je sois là. Ainsi, il s'en prendra moins à vous, et reportera sa colère sur moi.

Une fois de plus, il lui proposait de la protéger, d'être son héros... Comme si elle n'était pas déjà suffisamment amoureuse de lui comme ça !

— Promettez-le, Jess, insista-t-il avec douceur en posant un baiser très doux sur ses lèvres.

— Papa ?

La voix plaintive de Michael les obligea à se séparer brutalement. Le petit garçon avait passé la tête dans l'entrebâillement de la porte.

— Coucou, petit bonhomme, lança Rob d'un ton enjoué. Tu as du mal à dormir ?

— J'ai fait un cauchemar et tu n'étais pas dans ta chambre. Dis, pourquoi tu embrassais Jessica ?

— Parce qu'elle allait se coucher. C'était un bisou de bonne nuit.

— Oh... Est-ce que je peux avoir un peu de lait, s'il te plaît ?

Jessica poussa un soupir de soulagement : de toute évidence, Michael avait cru à l'explication de son père. Pendant que Rob se dirigeait vers le réfrigérateur, elle se glissa en direction de la porte ; c'était l'occasion ou jamais de s'éclipser avant d'avoir complètement perdu la tête.

— Attends, Jessica ! appela Michael. Je ne t'ai pas encore embrassée, moi.

Incapable de résister, la jeune femme s'agenouilla et embrassa tendrement le petit garçon.

— Papa, demain, on va retourner au square, hein ? demanda ce dernier. Jessica aussi a trouvé ça amusant.

— Nous verrons, mon chéri. Il se peut que Jessica et moi devions aller voir son papa demain matin.

— Il faut que je rentre chez moi, Michael, précisa Jessica.

— Tu t'en vas ? Mais je croyais que nous allions tous aller habiter dans ta maison ?

La voix du garçonnet tremblait, et le cœur de Jessica se serra.

— Nous ne sommes encore sûrs de rien, répondit-elle patiemment. Ton papa t'expliquera tout ça demain ; pour l'instant, il est temps d'aller au lit.

Et, laissant le père et le fils dans la cuisine, elle monta se coucher à la hâte.

— Pourquoi est-ce que ta chemise est ouverte, papa ? demanda Michael en léchant ses babines couvertes de lait.

Rob fronça les sourcils. Il avait oublié que Jessica avait déboutonné sa chemise, dans la fièvre de leur moment de passion...

— C'est parce que moi aussi je me prépare à aller au lit. Est-ce que ton cauchemar t'a fait très peur?

Michael posa son verre et sourit à son père.

— Un petit peu peur. Mais ensuite, je me suis rappelé que nous nous étions bien amusés, aujourd'hui, et ça allait mieux. Je veux que Jessica reste toujours avec nous!

Rob regarda le garçonnet en silence. La vérité sort de la bouche des enfants, songea-t-il. Il aurait dû s'en rendre compte plus tôt; depuis le début, il avait senti confusément qu'il tombait amoureux de Jessica. Mais jusqu'à présent, il n'avait pas vraiment osé l'admettre.

— Moi aussi, murmura-t-il d'un ton pensif. Moi aussi, bonhomme.

— Et puis, elle est bien plus marrante que maman.

Rob réprima un soupir. Il ne pouvait laisser son fils dire ainsi du mal de sa mère.

— Tu sais, mon poussin, ce n'est pas facile d'être une maman. Et votre mère s'est très bien occupée de vous.

— Oui, je sais, mais elle ne voulait jamais aller faire des promenades avec nous et jouer à la balançoire. Jessica, elle, elle aime exactement les mêmes choses que nous, et puis elle nous fait des câlins.

— Votre maman aussi vous faisait des câlins.

— Seulement quand on était propres. Et puis, ils étaient moins bien.

Rob ne pouvait prétendre le contraire; il savait que son fils disait vrai. Son ex-femme tenait à son propre confort et à son propre bonheur avant tout. Et Jessica était très, très douée pour les câlins...

Résolu, soudain, il déclara:

— Je te promets de faire de mon mieux pour que Jessica reste avec nous. Et peut-être qu'elle acceptera.

— Ouais! s'exclama Michael en finissant d'un trait son verre de lait. Super! Cathy adore Jessica aussi.

— Je sais, mon chéri. Nous l'aimons tous. Mais il va falloir le lui montrer pour qu'elle ait envie de rester, O.K. ?

— Promis ! Ce sera super avec Jessica et le chien.

Alors même qu'il prononçait ces mots, un froncement de sourcils inquiet vint plisser le front tout lisse du petit garçon.

— Dis, papa, on peut quand même avoir le chien, hein ? Même si on a Jessica ?

Rob eut un sourire attendri.

— Oui, bien sûr, mon chéri. Cathy et toi pourrez vous occuper du chien, et moi de Jessica, d'accord ?

Lorsque Jessica finit par s'éveiller, le lendemain matin, elle était épuisée par une longue nuit de tourment.

Avec un soupir, elle repoussa sa couette et regarda l'heure. Il était près de 10 heures ; peut-être Rob serait-il sorti, et pourrait-elle faire ses adieux au reste de la famille sans qu'il en fût témoin ?

Hélas, c'était probablement trop espérer...

Effectivement, lorsqu'elle descendit dans la cuisine une demi-heure plus tard, après s'être lavée et habillée, elle le trouva qui l'attendait, assis à table.

— Bonjour, paresseuse ! lança-t-il gaiement.

— Je suis désolée. Je ne pensais pas dormir si tard..., assura-t-elle à Mme Hutchins, ignorant le sourire ironique de Rob.

— Il n'est pas tard, ma chère enfant. Asseyez-vous et je vous préparerai un bon petit déjeuner. J'ai fait des toasts à la cannelle dont vous me direz des nouvelles.

— Il ne faut pas rater ça, souligna Rob en lui faisant signe de prendre une chaise à côté de lui.

— Ecoutez, c'est très gentil, mais je dois rentrer chez moi. Merci infiniment de...

— Vous ne pouvez pas partir, coupa Rob.

Quelque chose dans son ton alerta Jessica, qui lui jeta un regard inquiet. Sans un mot de plus, il lui désigna le journal étalé devant lui sur la table.

S'approchant en tremblant, Jessica vit qu'il était ouvert à la page « Société ».

Sous une photo d'elle, on lisait que son père avait la joie d'annoncer ses fiançailles avec M. Stephen Cattaloni.

10.

— Non ! s'écria Jessica.

Rob se leva pour passer un bras autour des épaules de la jeune femme, qui était visiblement sous le choc.

— Asseyez-vous, Jess. Madame Hutchins, versez-lui une tasse de café, voulez-vous ?

— Je ne pourrai rien avaler, intervint Jessica d'une voix blanche. Il faut que je parle à mon père sur-le-champ. Comment a-t-il pu me faire une chose pareille après ce que je lui avais expliqué ?

— Calmez-vous, mon cœur. Peut-être n'a-t-il pas annoncé vos fiançailles durant la soirée ? Il se peut qu'il ait été trop tard pour prévenir le journal.

Rob lui-même avait du mal à croire cette explication. Au fil des jours, il avait réussi à se faire une idée assez précise du genre d'homme qu'était le père de Jessica, et l'image qui se dessinait était assez négative. John Barnes semblait être aussi égoïste qu'intéressé, et ne guère se soucier de sa fille.

— Vous croyez ? demanda Jessica d'un ton plein d'espoir.

— C'est possible, répondit-il prudemment.

— Mais est-ce que cela fait une différence ? Maintenant, tout le monde va croire que je suis fiancée avec ce criminel. Je ne le supporterai pas! s'exclama-t-elle en éclatant en sanglots.

Rob passa un bras protecteur autour d'elle.

— Ne vous inquiétez pas, Jess, nous allons trouver une solution. A présent, prenez des forces et ne pensez plus à tout ça.

— Je ne vois pas comment je pourrais penser à autre chose, observa la jeune femme en goûtant du bout des lèvres un toast à la cannelle. C'est délicieux, madame Hutchins, ajouta-t-elle avec sincérité en essuyant ses larmes.

— Merci. Mangez bien; je serai dans la lingerie si vous avez besoin de moi, déclara la gouvernante avec un sourire compatissant avant de les laisser seuls.

Rob attendit que la porte se fût refermée sur elle pour déposer un baiser sur les lèvres de Jessica. Cependant, cette dernière se dégagea presque aussitôt.

— Où sont les enfants?

— Au square, avec M. Hutchins. Pourquoi, vous avez peur d'être surprise en train de m'embrasser?

— Je crains qu'ils ne soient pas prêts à croire que vous me souhaitez une bonne nuit, cette fois, observa-t-elle avec l'ombre d'un sourire.

— S'ils reviennent, je trouverai autre chose, affirma-t-il en essayant de l'attirer de nouveau contre lui.

— Il faut que je parle à mon père, lui rappela-t-elle en le repoussant doucement mais fermement.

— Oui, je sais, admit-il. Je vais vous conduire à une autre cabine, un peu plus loin cette fois pour vous laisser davantage de temps pour lui parler.

— Je peux prendre un taxi. Vous n'avez pas besoin de...

— Je vous ai dit hier soir que j'irai avec vous, Jess. Cessez donc de discuter, voulez-vous?

Il ne voulait pas le dire à Jessica, mais il craignait que son père ne lui mente pour la pousser à rentrer chez eux. Il n'arrivait pas à faire confiance à John Barnes, sans vraiment savoir pourquoi. Il allait lui falloir jouer serré, s'il voulait protéger Jessica sans accuser ouvertement son père, songea-t-il.

— Vous êtes prête ? s'enquit-il en la voyant terminer sa tasse de café. Alors, allons-y.

Cette fois, elle ne prit pas la peine de protester ; mais le regard qu'elle lui lança en se levant de table était loin d'être amène.

Cet homme était un tyran !

Jessica se tenait très raide sur le siège de cuir de la Mercedes, refusant de se détendre. Rob s'imaginait qu'il pouvait prendre sa vie en main sous prétexte qu'elle s'était réfugiée chez lui quelques heures, mais elle avait bien l'intention de lui montrer qu'elle n'était pas décidée à lui obéir au doigt et à l'œil...

— Vous allez me faire la tête toute la journée ? s'enquit-il en lui décochant un sourire à damner une sainte.

— J'en ai bien l'intention, rétorqua-t-elle, boudeuse.

— Et qu'ai-je fait pour mériter votre courroux, gente dame ?

Elle lui jeta un regard furieux. Comme s'il l'ignorait !

— Il faut toujours que je vous obéisse. Pourtant, c'est ma vie, pas la vôtre, dont il est question ! lui rappela-t-elle.

— Nous sommes amis, non ? demanda-t-il en haussant un sourcil d'un air surpris. Les amis ne sont-ils pas censés s'entraider ?

Amis ? Elle s'était presque offerte à lui, la veille au

soir, dans la cuisine. Considérait-il cela comme une preuve d'amitié ? Pensait-il qu'elle couchait avec tous les hommes qui se montraient gentils envers elle ?

— Je pense qu'un *ami* devrait attendre qu'on lui demande son aide avant d'imposer son avis, répondit-elle en insistant lourdement sur ce mot d'« ami ».

— Impossible. Vous êtes tellement fière et têtue que vous n'accepterez jamais de demander de l'aide à quiconque.

La jeune femme ne répondit pas, et demeura un long moment silencieuse.

— Je suppose qu'il n'y a aucune raison pour que je ne rentre pas à la maison, à présent, observa-t-elle enfin. Après tout, je ne m'étais enfuie que pour éviter que mon père annonce mes fiançailles à la réception d'hier.

— Et que ferez-vous, si c'est bel et bien ce qui s'est produit ?

— J'enverrai sur-le-champ un démenti aux journaux.

— Et si Stephen était déjà en train de menacer votre père ? C'est une éventualité que nous sommes obligés de considérer.

Elle se tourna vers lui d'un air horrifié.

— Vous pensez que c'est possible ?

— Je pense qu'il ne faut pas prendre de risques inutiles. Commencez par parler avec votre père, et s'il vous dit qu'il n'a pas proclamé vos fiançailles, répondez-lui que vous ne rentrerez chez vous qu'une fois que le démenti aura été publié.

— Mais, Rob, cela peut prendre plusieurs jours !

— Pas de problème ! Vous ne vous imaginez tout de même pas que nous allons vous jeter dehors, n'est-ce pas ? Les enfants seront ravis de vous avoir plus longtemps auprès d'eux.

Justement, songea-t-elle. Elle aimait déjà trop ces

enfants, et les voir davantage ne risquait que de lui faire plus de peine encore lorsque le moment des adieux serait venu.

— Selon eux, continua Rob, il faudrait que vous restiez avec nous pour toujours!

« Selon eux », avait-il dit. Lui, de toute évidence, ne partageait pas ce désir!

— Où allons-nous? demanda-t-elle pour changer de conversation.

— A l'aéroport. Il faut au moins trois quarts d'heure pour s'y rendre, et cela vous laissera le temps de discuter avec votre père.

— Papa? C'est Jessica.

— Jessica, où es-tu?

— Je suis persuadée qu'il ne te faudra pas longtemps pour le découvrir... Peu importe que tu le saches, d'ailleurs; je suis à l'aéroport.

— Tu t'en vas?

— Je ne sais pas encore. Pourquoi le journal annonçait-il mes fiançailles, ce matin?

— Il était trop tard pour annuler la publication de l'article.

— As-tu seulement essayé?

— Mais bien sûr, ma chérie! Après tout ce que tu m'as dit, je n'aurais jamais essayé de te contraindre à épouser Stephen. Même si je suis persuadé que tu l'as jugé un peu durement...

— Que lui as-tu dit, papa?

— La vérité : que tu l'avais vu avec une autre femme et que tu étais jalouse.

— Quoi? s'exclama Jessica, n'en croyant pas ses oreilles.

— C'est bien ça, en définitive, non ? Stephen n'a d'ailleurs pas essayé de me mentir. Il m'a simplement expliqué qu'il te respectait trop pour coucher avec toi avant le mariage. Et tu sais, ma chérie, un homme a ses besoins... Il mettra un terme à cette relation dès que vous serez mariés.

Jessica se mordit la lèvre inférieure jusqu'au sang pour ne pas hurler.

— Tu n'as pas envoyé de démenti au journal, n'est-ce pas, papa ?

— Comment aurais-je pu faire une chose pareille avant même que Stephen et toi ayez eu l'occasion de discuter de tout ça ensemble, à tête reposée ? Je lui ai demandé s'il me contraindrait à lui rembourser le prêt si tu refusais de l'épouser, et il m'a dit que non, qu'il m'avait accordé ce prêt en ami, point final.

— Papa, tu ne m'as pas entendue quand je t'ai dit que Stephen était lié à la mafia ?

— Je lui ai expliqué que tu avais des doutes quant à ses intentions, Jessica, mais il m'a assuré qu'il ne nous avait prêté l'argent que pour nous aider. Je pense vraiment que tu te laisses emporter...

— Et tu préfères croire un homme que tu ne connais que depuis quelques mois plutôt que ta propre fille, conclut-elle avec amertume.

Durant toutes ces années, elle s'était efforcée de remplacer le fils dont il avait tant rêvé. Et maintenant, elle constatait cruellement à quel point elle avait échoué.

— Même si tu avais raison, ma chérie, je ne pourrais pas le rembourser.

— J'ai trouvé une solution à ce problème, papa. Nous pourrions vendre la maison... J'ai même trouvé un acheteur potentiel. Par ailleurs, pour compléter, il y a aussi mon héritage.

112

— Vendre la maison ? Tu es tombée sur la tête ! Tout le monde se douterait que nous avons des problèmes d'argent. Ce serait intolérable !

Jessica ferma les yeux, tout en s'efforçant de lutter contre le sentiment d'impuissance et de frustration qui menaçait de la terrasser. Son père ne la croyait pas, et n'avait aucune intention d'agir pour se tirer du bourbier dans lequel il s'était fourré.

— Je passerai à la maison aujourd'hui ou demain pour prendre mes affaires, déclara-t-elle d'un ton très calme. Si tu pouvais demander à la gouvernante de commencer à préparer mes bagages, ce serait gentil.

— Tes bagages ? Ne sois pas ridicule ! Tu resteras ici, chez toi, à ta place.

— Non. Il est hors de question que je vive sous ton toit un jour de plus.

— Parfait. Dans ce cas, n'oublie pas également de déblayer ton bureau ! rétorqua John Barnes.

Rob l'avait prévenue que son père la renverrait si elle s'opposait à lui. Dire qu'elle avait refusé de le croire !

— Je suis renvoyée ? demanda-t-elle d'une voix blanche.

— Oh, oui ! Je n'ai que faire d'employés dénués de la moindre loyauté envers moi !

— Tu as raison. Je crois en effet que je n'en ai plus aucune, répondit Jessica avant de raccrocher sans un mot de plus.

Pendant qu'elle parlait, Rob s'était approché d'elle et l'avait doucement entourée de ses bras, et elle posa sa tête sur sa poitrine, nerveusement épuisée. Enfin, cependant, elle rassembla ses forces pour se redresser et esquisser un petit sourire amer.

— Il n'a pas envie de connaître la vérité sur Stephen, murmura-t-elle. Et il dit que vendre la maison serait trop embarrassant... Je suis désolée, Rob. De toute façon, je suis sûre que vous trouverez un meilleur endroit pour Cathy et Michael. Maintenant, je me rends compte que ce n'est pas une maison heureuse.

— Vous avez raison. Et nous, nous voulons une maison heureuse, pas vrai ? dit-il d'un ton enjoué. Bon, vous êtes prête à aller au journal ? Il est temps que nous publiions ce démenti.

— Vous avez raison, répondit-elle en soupirant. Il faut s'en occuper au plus vite. Après, rassurez-vous, je vous laisserai tranquille. Je dormirai à l'hôtel, ce soir.

Il lui sourit mais ne la contredit pas, et Jessica sentit son cœur, déjà bien lourd après sa pénible scène avec son père, peser soudain des tonnes.

Pendant que Jessica rédigeait son démenti dans les bureaux du journal, Rob restait en retrait, conscient que la jeune femme avait besoin de reprendre un peu de contrôle sur sa vie, de se sentir de nouveau responsable.

Bien sûr, il n'avait pas la moindre intention de la laisser coucher à l'hôtel, ce soir ou n'importe quel autre. Il avait failli éclater de rire lorsqu'elle en avait parlé. Mais il avait pris sur lui et s'était tu. Il ne voulait pas qu'elle puisse l'accuser, ensuite, d'avoir abusé de la situation, d'avoir profité de son désarroi émotionnel pour l'attirer dans ses filets.

— Dieu merci, c'est fait ! s'exclama peu après Jessica avec un soupir de soulagement comme ils reprenaient la voiture .

— Oui. Vos fiançailles sont maintenant officiellement rompues, mademoiselle Barnes !

— Ou plutôt, elles le seront demain, à la parution du journal. Ça tombe bien, leur édition du dimanche est celle qui a le plus gros tirage ! ajouta-t-elle avec satisfaction.

— Juste pour être tranquilles, nous enverrons tout de même un exemplaire de l'article à notre ami Cattaloni.

— Très bonne idée. Je m'en chargerai.

Il ignora ce « je » et enchaîna :

— Que diriez-vous d'un bon déjeuner ?

— Les enfants vous attendent probablement à la maison pour manger. Vous n'avez qu'à me déposer dans un hôtel et...

— Non, mon cœur : vous et moi allons déjeuner ensemble. Mme Hutchins est prévenue que nous ne rentrons pas à la maison.

Là-dessus, ignorant ses protestations, il ralentit et se gara devant un restaurant mexicain de renom.

— C'est un de mes restaurants préférés, expliqua-t-il. J'adore la cuisine mexicaine, pas vous ? Attention avant de répondre ! Si vous dites non, cela risque de nous poser d'innombrables problèmes dans le futur. Michael ne jure que par les *nachos*, et Cathy se damnerait pour un *burrito* !

— Rob...

Il l'interrompit d'un baiser.

— Je vous en prie, dites-moi que vous aimez les *nachos*.

— Oui, bien sûr. Mais nous ne devrions pas entrer ensemble dans un restaurant aussi populaire... Que se passera-t-il si nous rencontrons quelqu'un que je connais ?

— Vous avez honte de moi ? Vous me faites beaucoup de peine, vous savez !

— Pourriez-vous être sérieux, juste une seconde ? demanda-t-elle, exaspérée.

— Pas moyen. Allez, venez !

Quelques minutes plus tard, ils étaient attablés dans un coin très calme de l'établissement, et la serveuse déposait devant eux une corbeille de chips de maïs. Rob s'empressa d'en porter une à sa bouche.

— Je crois que M. Hutchins a raison : c'est le seul endroit de la ville où la cuisine est meilleure que chez lui ! s'exclama-t-il d'un air ravi.

— Comment peut-il dire une chose pareille ? Mme Hutchins est un vrai cordon-bleu.

— C'est vrai ? Vous accepteriez que quelqu'un comme elle vive avec vous, le jour où vous serez mariée ?

— Oh, je ne pourrais probablement pas m'offrir les services d'une gouvernante aussi extraordinaire, mais oui, je crois que j'aimerais bien pouvoir confier ma maison à une femme comme Mme Hutchins. Par ailleurs, elle est merveilleuse avec les enfants, et si j'en ai un jour...

Sa voix se brisa et elle baissa la tête.

— Vous avez raison, acquiesça Rob sans paraître s'apercevoir de son trouble. Mon ex-femme, Sylvia, était une bonne éducatrice, mais c'était avant tout Mme Hutchins qui s'occupait des petits lorsque j'étais en voyage — ce qui, je l'avoue, arrivait plus souvent que je ne l'aurais voulu.

— Mais dites-moi, vous n'avez pas l'intention de vous séparer des Hutchins ? demanda tout à coup Jessica en relevant la tête d'un air choqué.

— Bien sûr que non. Ils font partie de la famille. Je me demandais seulement comment... le moment venu... la personne avec qui je partagerai ma vie prendra la présence des Hutchins chez elle.

De nouveau, Jessica baissa vivement la tête et fixa ses mains, crispées sur la table.

— Cette personne aura beaucoup de chance, dit-elle simplement.

Il pensait qu'elle se doutait qu'il parlait d'elle, mais quelque chose dans l'expression de la jeune femme lui révéla que non. Soit elle n'avait rien deviné, soit l'idée de partager sa vie lui faisait horreur.

Il allait reprendre la parole lorsqu'un homme qu'il n'eut aucun mal à reconnaître s'approcha de leur table.

— Ton père sait-il que tu es ici? demanda Stephen Cattaloni d'une voix mordante.

Rob s'apprêtait à intervenir pour protéger Jessica, mais il n'en eut pas besoin; il ne tarda pas, en effet, à s'apercevoir qu'elle pouvait fort bien se défendre elle-même.

— J'en doute, rétorqua-t-elle en regardant froidement le nouveau venu. Est-ce que ta maîtresse sait où tu es, elle?

11.

Jessica faillit sourire en voyant l'expression choquée de son interlocuteur.

— Vraiment, Jessica, cette remarque est parfaitement déplacée. J'ai expliqué à ton père...

— Oui, je sais ce que tu lui as dit. Il faut vraiment être aussi vieux jeu que mon père pour croire à tes excuses sordides ! Au fait, un démenti de l'annonce de nos fiançailles paraîtra dans le journal de demain.

— Tu peux faire paraître tous les articles que tu voudras. Mais tu m'épouseras.

Rob, qui était jusque-là demeuré silencieux, se pencha en avant.

— Je ne crois pas, déclara-t-il.

— Vous, restez en dehors de tout ça ! coupa Stephen, avant de s'interrompre pour regarder Rob avec attention. Je ne vous aurais pas déjà vu quelque part, par hasard ? demanda-t-il d'un air soupçonneux.

— Non. Et il m'est difficile de rester en dehors de tout ça, dans la mesure où Jessica et moi sommes fiancés.

Par chance, Stephen ne se retourna pas vers Jessica en cet instant ; sans quoi il n'aurait pas manqué de remarquer l'expression stupéfaite qui s'était peinte sur ses traits. Cependant, elle ne tarda pas à se reprendre. Rob la sauvait de nouveau... Voilà pourquoi il avait fait cette annonce abracadabrante. Il ne fallait pas y lire davantage.

Dire que, pendant une fraction de seconde, elle s'était imaginée, le cœur battant, qu'il était amoureux d'elle !

Stephen se tourna vers elle à cet instant.

— De quoi parle-t-il ? demanda-t-il. Tu ne peux pas être fiancée avec lui, puisque tu es fiancée avec moi.

— Pourtant, tu as bien entendu, répondit Jessica avec bravade.

Stephen pointa un index menaçant dans sa direction.

— Ecoute-moi bien, ma petite fille, ton papa me doit un paquet d'argent, alors tu ferais mieux de lui obéir, c'est compris ?

Cela ne faisait que confirmer les soupçons de Jessica : son père était prêt à la sacrifier à son propre intérêt. Mais elle n'avait pas l'intention de se laisser faire.

— Si tu as des problèmes d'argent avec mon père, cela ne me concerne en rien, déclara-t-elle avec hauteur. J'ai quitté sa maison, et je ne travaille plus pour lui.

— Et, comme je vous le disais, elle est fiancée avec moi, ajouta Rob pour faire bonne mesure, un sourire aux lèvres.

— Qui êtes-vous, vous, d'abord ? demanda Stephen d'un ton rogue. Rob Berenson ? Ce n'est pas... Attendez, vous étiez avec Luciano à Chicago, non ? Vous êtes...

— F.B.I.

Stephen se raidit, puis recula d'un pas, levant les mains en l'air comme pour se disculper.

— Hé, je suis blanc comme neige, moi. Je n'ai plus aucun lien avec ces types-là...

— Très sage décision, mon ami, affirma Rob en levant son verre dans sa direction.

— Ce qui ne veut pas dire que je n'ai pas le pouvoir d'attirer de gros ennuis à ton père, ajouta Stephen à l'adresse de Jessica.

— J'en suis persuadée. Tant pis pour lui ; ça lui apprendra à ne pas vouloir m'écouter, répondit la jeune femme avec une indifférence calculée.

Ce n'était pas facile, pour elle. Elle avait passé tant d'années à tout faire pour satisfaire son père ! Mais il était impératif qu'elle soit forte, à présent. Son avenir tout entier en dépendait.

Stephen émit un grognement indistinct et tourna les talons d'un air outragé. L'instant d'après, il quittait le restaurant.

— Vous voyez, Boucle d'Or, ça, c'était un ours, expliqua Rob en souriant. Et vous vous en êtes très bien sortie.

— Merci de m'avoir aidée. Mais j'ai l'impression que vous vous êtes un peu emballé...

— Quoi ? En annonçant nos fiançailles ? Je suis prêt à faire un sacrifice pour vous, Boucle d'Or.

Son sourire taquin le rendait plus séduisant que jamais.

— Merci, mais je ne suis pas très favorable aux sacrifices, répondit-elle avec un faible sourire. Pensez-vous que Stephen ait dit la vérité, à propos de ses liens avec la mafia ? demanda-t-elle pour changer de sujet.

— Je n'en sais rien, mais je passerai quelques coups de fil lundi pour m'en assurer. S'il est vrai qu'il a laissé tomber la mafia, il cherche probablement à s'acheter une réputation en intégrant la bonne société de Kansas City, ce qui explique son désir de vous épouser à tout prix.

— En définitive, il n'y aurait eu aucun danger réel, alors ?

— Peut-être pas. Mais il n'empêche que votre père n'a pas hésité à se servir de vous.

Levant la tête, Rob vit la souffrance qui se lisait dans les yeux de sa compagne et, le cœur serré, il lui prit la main affectueusement.

— Allons, cessons de penser à tout ça, dit-il. Voilà nos *nachos* !

Leur repas terminé, ils sortirent de l'établissement. Cependant, au lieu de se diriger vers le parking, Rob entraîna Jessica vers une bijouterie située à quelques mètres du restaurant.

— Nous voulons que Stephen sache que nous sommes sérieux, expliqua-t-il comme elle le regardait sans comprendre.

Puis, sourd à ses protestations, il pénétra dans la boutique et demanda à voir toutes les bagues de fiançailles. Sous l'œil abasourdi de Jessica, le propriétaire revint bientôt avec une large sélection.

Sans hésiter, Rob tendit la main vers un énorme solitaire monté sur or jaune, qui jetait mille feux.

— Donne-moi ta main, ma chérie.

— Ce n'est vraiment pas nécessaire...

— Elle est timide, expliqua-t-il à l'adresse du marchand, qui les regardait d'un air attendri. Allons, sois gentille...

Réprimant un soupir agacé, Jessica s'exécuta, et Rob glissa le diamant à son doigt.

La bague semblait avoir été faite pour elle, elle devait bien l'admettre. Mais Dieu, que cette mascarade était pénible !

— Nous la prenons, déclara son compagnon sans même prendre la peine de lui demander son avis.

Le joaillier accepta sa carte de crédit et se retira avec les autres bagues.

— Rob, vous êtes certain qu'ils accepteront de reprendre la bague et de vous rendre votre argent, lorsque tout cela sera fini ?

Un sourire amusé se peignit sur les lèvres de Rob.

— Ne vous inquiétez pas. Je contrôle parfaitement la situation.

— Où allons-nous, à présent ? s'enquit Jessica comme ils ressortaient de la boutique, quelques instants plus tard.

— A la maison. Nous devons passer chercher Mme Hutchins pour qu'elle puisse nous aider... Vous avez demandé à votre père de faire préparer vos bagages, mais je doute que l'ordre ait été transmis !

— Mais Rob, il est trop tôt ! Je n'ai nulle part où aller. Il faut attendre que j'aie trouvé un appartement...

— Ne dites pas de sottises. Je vous ai déjà dit que vous faisiez partie de la famille, pour nous. Vous allez rester avec nous !

— Rob, j'apprécie tout ce que vous faites pour moi, je vous assure, mais il y a des limites. Je ne peux pas abuser plus longtemps de votre hospitalité.

De toute évidence, il se laissait emporter par son rôle de chevalier en armure ; il fallait qu'au moins un d'entre eux garde les pieds sur terre.

— Bon, admit-il. Alors, que dites-vous de ça : vous allez récupérer vos affaires chez votre père et les stocker chez nous en attendant d'avoir trouvé un endroit où vous installer. C'est une proposition honnête, non ? Ça vous évitera de prendre une décision hâtive.

— Il faut pourtant que je me dépêche. Je n'ai pas de maison, pas d'emploi...

— Ah, à ce propos, je crois que j'ai exactement ce qu'il vous faut.

— On dirait vraiment que vous avez décidé de prendre ma vie en main! observa Jessica, ne sachant trop si elle devait en rire ou s'énerver. Ne pensez-vous pas que c'est à moi de me trouver un travail? Je suis une bonne comptable, et cela ne devrait pas poser trop de problèmes...

— Oh, mais j'espère bien que vous êtes bonne! Vous ne pensez tout de même pas que je vous recommanderais, dans le cas contraire?

Ils arrivaient devant la maison de Sylvia. Voyant cela, Jessica s'empressa d'ôter sa bague.

— Que faites-vous?

— Je l'enlève, vous le voyez bien. Il est hors de question que je la porte devant Cathy et Michael. Ce serait leur faire croire des choses fausses, et il n'est pas dans mes habitudes de mentir, surtout à des enfants.

— Bon, d'accord. Mais vous la remettrez pour aller chez votre père. Cela nous aidera à le convaincre.

— Je n'ai pas encore dit que j'acceptais d'aller chez mon père! protesta-t-elle.

— Pas encore, certes, mais ça ne saurait tarder! rétorqua-t-il avec un sourire horripilant. Vous finissez toujours par vous rendre à mes arguments!

Et, bien sûr, il avait raison. Quelques minutes plus tard, Mme Hutchins montait avec eux dans la voiture. Jessica s'empressa de lui expliquer d'où provenait la bague, et la raison pour laquelle elle devait la porter; la gouvernante sourit d'un air étrange et se contenta d'admirer le superbe diamant sans faire de commentaire sur ces fausses fiançailles.

124

Bientôt, Rob ralentit dans le chemin couvert de gravier qui conduisait à l'entrée de la maison des Barnes. A la pensée d'une nouvelle confrontation avec son père, Jessica sentit son estomac se nouer; néanmoins, elle était déterminée à faire bonne figure, et à ne pas montrer à John Barnes son désarroi.

Elle sonna à la porte, et s'apprêtait à utiliser sa clé lorsque la gouvernante de la maison lui ouvrit.

— Jessica! s'exclama-t-elle. Vous êtes enfin de retour! Votre père était si inquiet...

— Nous sommes venus chercher mes affaires, madame Anders. Nous montons à l'étage.

— Comment? Vous partez?

— Mon père ne vous a pas dit de préparer mes bagages?

— Non. Il n'a mentionné aucun voyage.

Jessica prit une profonde inspiration avant de répondre.

— Je ne pars pas en voyage, madame Anders, je quitte la maison, c'est tout. Nous allons prendre le maximum de choses, et nous vous téléphonerons plus tard pour vous faire savoir où envoyer le reste.

Là-dessus, elle conduisit ses compagnons à l'étage.

— Je suis content que votre père n'ait pas voulu vendre, observa Rob en regardant autour de lui. C'est une très belle maison, mais pas exactement faite pour nous, pas vrai, madame Hutchins?

— Ma foi, j'avoue que c'est un peu grand, reconnut la gouvernante. On doit pouvoir passer des jours à se promener dans les couloirs sans croiser personne!

Aussitôt arrivés dans les appartements de Jessica, ils entreprirent de préparer les bagages.

Jessica donna quelques instructions à Mme Hutchins, qui entreprit aussitôt de mettre des vêtements dans un grand sac de voyage, puis elle-même ouvrit un placard ; celui-ci était plein de peluches et de jouets en tout genre.

— Nous allons en choisir quelques-uns pour Michael et Cathy, et je demanderai à Mme Anders de donner les autres à une œuvre de charité, déclara-t-elle à l'adresse de Rob.

Au même instant, quelqu'un l'attrapa par la main gauche avec violence et l'obligea à se retourner.

— Ah ! Tu portes ta bague ! Je suis heureux de constater que tu as enfin recouvré la raison ! s'exclama son père d'un ton sec.

12.

Rob avança d'un pas.

— Bonjour, monsieur Barnes, dit-il en souriant poliment. Je suis très content que vous approuviez.

John Barnes le toisa d'un air agacé.

— Que j'approuve quoi ? demanda-t-il. Et d'abord, qui êtes-vous ?

— Je suis l'homme qui a passé la bague que vous êtes en train d'admirer au doigt de votre fille.

— Ne soyez pas ridicule ! Jessica est fiancée avec Stephen Cattaloni.

— Non. Elle est...

— Excusez-moi ! intervint Jessica d'une voix vibrante. Pourriez-vous cesser de discuter de moi comme si j'étais un fantôme ? Je suis là, je vous signale !

Rob sourit et posa un léger baiser sur la joue de la jeune femme.

— Pardonne-moi, ma chérie.

— Qui est cet homme ? demanda John Barnes à Jessica.

— Rob Berenson.

— Et tu as vraiment accepté cette bague de sa part ?

Rob ne tenta pas de répondre à la place de Jessica ; il se contenta de la fixer avec intensité.

— Oui, dit enfin la jeune femme.

— Et Stephen, alors?

Jessica arracha sa main à celle de son père.

— Je crois t'avoir déjà dit que je n'avais pas l'intention d'épouser Stephen. Et c'est ce que je lui ai dit à lui aussi. En fait, il a même rencontré Rob.

— Tu ne peux pas me faire ça! Je suis ton père!

Rob voulut intervenir. Lui qui avait tant découvert sur ce qu'être père signifiait, cette dernière semaine, avait le sentiment d'avoir bien des choses à apprendre à cet homme arrogant et égoïste... Mais Jessica lui fit signe de la laisser parler.

— Je ne crois pas te faire quoi que ce soit, papa, observa-t-elle, puisque selon toi c'est par pure amitié que Stephen t'a prêté cet argent.

John Barnes leva les yeux au ciel d'un air exaspéré.

— Tu veux tout savoir? Il m'a prêté l'argent parce qu'il voulait que tu l'aides à s'établir dans la bonne société. Voilà.

— C'est la première fois que tu mentionnes ce petit détail.

La voix de Jessica était douce, très calme, mais Rob remarqua que ses doigts tremblaient. Il avança d'un pas et lui prit la main avec tendresse.

— Tu n'es plus une enfant, Jessica, déclara John Barnes d'un air supérieur. Les mariages arrangés sont légion dans nos milieux, tu devrais le savoir.

— Vraiment? Et ment-on toujours aux parties concernées?

Rob sentit que Jessica était à bout, au bord de la crise d'hystérie.

— Allez aider Mme Hutchins à finir les paquets, lui chuchota-t-il à l'oreille. Nous partons d'ici.

Comme John Barnes s'apprêtait à suivre sa fille, Rob lui bloqua le passage.

— Monsieur Barnes, Jessica est venue chercher quelques affaires. Nous vous ferons savoir plus tard où faire envoyer le reste de ses effets.

— Je n'enverrai rien du tout ! Tout ce qui se trouve dans cette maison m'appartient !

— Vraiment ? J'avais pourtant cru comprendre que Jessica possédait la moitié de tout.

Le visage de John Barnes devint écarlate, faisant paraître ses cheveux blancs plus pâles encore.

— Je ne sais pas qui vous êtes, mais ne comptez pas obtenir quoi que ce soit de moi. Je ne vous laisserai pas profiter de mon argent impunément !

— Je n'en ai pas la moindre intention. Mais vous avez intérêt à donner à Jessica tout ce qui lui appartient, sans quoi nous nous reverrons au tribunal.

— Je vois ! Vous l'épousez pour son argent ! Je l'avais toujours prévenue que cela lui pendait au nez. Je te croyais plus maligne que ça ! lança-t-il à Jessica, qui venait de réapparaître, un sac à la main.

La jeune femme adressa à son père un sourire amer.

— Est-ce pire que de vendre sa fille pour un million de dollars ? demanda-t-elle avant de se tourner vers Rob. Tout est prêt. Peux-tu nous aider à porter les bagages dans la voiture ?

— Je ne te laisserai pas partir, Jessica ! menaça son père en lui bloquant le passage.

Cette fois, Rob ne laissa pas à sa compagne le temps de répondre. Il fit un pas en avant et se planta devant John Barnes.

— Si vous souhaitez vous battre, je suis votre homme. Je n'aime pas la façon dont vous traitez votre fille, et je n'hésiterai pas à vous donner une bonne leçon. Ça vous intéresse ?

— Ne soyez pas ridicule ! Je suis sa seule famille, et elle doit m'obéir !

— Non, papa, intervint Jessica. Une famille, ce sont des gens qui vous aiment, qui s'inquiètent de votre bien-être, qui vous témoignent de l'affection. Toi, tu n'aimes que toi-même.

— Je t'ai élevée, ne l'oublie pas! C'est grâce à moi que tu possèdes tous ces vêtements de luxe que tu emportes, grâce à moi que tu as pu faire des études supérieures, prendre des vacances, visiter des pays exotiques!

— Non, papa. C'est avec l'argent de grand-papa et de maman que tu m'as payé tout ça. En l'espace de trente ans, tu n'as été capable que de dilapider leur fortune!

Sur ces mots, elle le contourna et se dirigea vers la porte. Rob sourit et déclara:

— Mon avocat vous contactera pour le compte de Jessica afin de résoudre les questions financières. Il est possible qu'elle refuse de vous poursuivre en justice s'il s'avère que ses fonds ont été mal gérés... mais nous verrons cela plus tard, conclut-il avec un sourire carnassier avant de suivre Jessica à l'extérieur de la pièce.

Jessica s'effondra sur le siège avant de la Mercedes, épuisée par cette confrontation traumatisante. Rob l'attira contre lui et la berça doucement.

— Ça va aller, mon cœur. Ne vous inquiétez pas.

Lorsqu'elle se fut un peu remise, elle prit une profonde inspiration et se dégagea de son étreinte.

— Je vous remercie infiniment de votre aide, dit-elle d'un ton un peu guindé. Maintenant, si vous voulez bien avoir la gentillesse de me déposer devant l'un des hôtels qui se trouvent près du Plaza...

— Pas question, ma belle. Vous rentrez à la maison avec nous. Si demain vous vous obstinez toujours à aller à l'hôtel, nous en rediscuterons, mais ce soir, il est hors de question que vous restiez seule. Par ailleurs, vous n'avez pas dit au revoir à Cathy et Michael.

Jessica se laissa retomber sur son siège, incapable de lutter. La seule mention des enfants lui serrait le cœur; elle ne pouvait envisager de les quitter. Pourtant, il allait tôt ou tard falloir s'y résoudre...

Après une nouvelle nuit passée chez Rob, Jessica s'éveilla pleine de détermination. Elle recommençait de zéro, et cela promettait d'être difficile; mais elle y parviendrait. Elle trouverait un endroit où vivre, un nouveau travail, elle se fabriquerait une nouvelle vie. En vérité, elle se rendait compte qu'elle ne regrettait pas grand-chose de ce qu'elle laissait derrière elle.

Depuis la mort de sa mère, sept ans plus tôt, le bonheur n'avait pas été au rendez-vous. Elle avait passé son temps à chercher à obtenir l'affection de son père, sans se rendre compte qu'il n'en avait pas à lui donner. A présent, elle était libre de réaliser ses propres rêves.

Dommage qu'ils fussent inaccessibles...

Plus que tout l'or du monde, elle voulait une famille. Elle voulait de la chaleur, de l'amour.

Elle contempla la bague qui brillait à son doigt. La veille au soir, elle s'était convaincue qu'il serait plus prudent de la porter que de la ranger dans un tiroir. Une fois au lit, elle l'avait contemplée et s'était surprise à rêver d'un avenir dans lequel elle pourrait la garder à jamais, symbole éternel de son attachement à Rob.

Famille, chaleur, amour... Il y avait tout cela chez les Berenson. La veille, lorsque Rob avait expliqué aux enfants qu'elle n'avait plus de maison, Cathy et Michael s'étaient empressés de l'entourer, de l'embrasser, et de l'assurer qu'elle pouvait rester pour toujours avec eux.

Rob, en revanche, avait gardé ses distances. Il l'avait à peine touchée, ne l'avait pas embrassée et n'avait pas essayé de lui parler seul à seule. Et s'il lui avait proposé de rester chez eux, il n'avait à aucun moment mentionné quelque chose de permanent.

Elle se doucha, s'habilla, et referma sa valise avant de descendre. Il était temps pour elle d'aller de l'avant, de prendre ses responsabilités. Peut-être, si elle avait de la chance, pourrait-elle voir Cathy et Michael de temps en temps ?

Seuls les Hutchins se trouvaient dans la cuisine lorsqu'elle y pénétra.

— Bonjour ! lança gaiement Mme Hutchins. Bien dormi, malgré toutes les cavalcades des deux petits monstres, ce matin ?

— Oui, très bien, merci. Mais au fait, où sont-ils ?

— Leur père les a emmenés à la messe. Ils n'ont accepté de le suivre que lorsqu'il leur a promis que vous seriez encore là à leur retour !

Jessica hocha la tête.

— Bien sûr que je serai là ! Il serait impoli de partir sans dire au revoir, après tout ce qu'ils ont fait pour moi... Et puis, il n'est pas question que je me prive des délicieux muffins que je vois sur la table ! ajouta-t-elle en souriant à la gouvernante.

Une demi-heure plus tard, le bruit d'une voiture s'engageant dans l'allée leur parvint.

— Jessica ! s'exclama Cathy en courant pour se jeter dans les bras tendus de la jeune femme. Tu ne devineras jamais ! Nous avons rencontré un ami de papa, à l'église, et il a une dame labrador qui vient d'avoir des bébés, et il veut bien nous en donner un !

— Même qu'il a dit qu'ils étaient tout beiges ! renchérit Michael, qui s'était lui aussi blotti dans les bras de Jessica.

— Mais il va falloir trouver un nom, reprit Cathy, très sérieuse. C'est important, parce qu'après le chien va apprendre à répondre quand on l'appellera!

— Je suis sûre que vous trouverez un très beau nom.

— Tu nous aideras, pas vrai? Et puis, tu viendras choisir le bébé chien avec nous, hein?

Jessica jeta un regard embarrassé à Rob. Comment résister aux grands yeux pleins d'espoir de Cathy?

— D'accord. Mais ensuite, il faudra que je m'en aille.

— Pourquoi est-ce que tu dois partir? demanda la fillette d'un ton triste en posant sa joue sur l'épaule de Jessica. Tu ne nous aimes pas?

Jessica eut l'impression que son cœur était comprimé par une chape de plomb. Elle serra la petite fille contre elle avec une tendresse infinie.

— Si, ma chérie, je vous adore. Mais je suis une adulte, et il faut que je me débrouille toute seule, tu comprends? Je ne peux pas éternellement compter sur vous!

— Moi, tu peux compter sur moi étrenell... énertell..., commença Michael. Euh, pour toujours!

Conscient sans doute du trouble de Jessica, qui avait du mal à se retenir d'éclater en sanglots, Rob décida d'intervenir.

— Bon, les enfants, une longue journée nous attend. Nous avons des tas de maisons à visiter, et un chiot à choisir! Alors, allez vite vous laver les mains et nous repartons. Jessica, vous venez avec nous. Pas de discussion! ajouta-t-il très vite comme il la voyait sur le point de protester.

Puis il se tourna vers les Hutchins.

— Vous venez aussi! Il n'est pas question que nous choisissions une nouvelle maison sans votre avis. Et ne vous inquiétez pas pour le déjeuner: nous irons tous au restaurant!

Quelques minutes plus tard, la famille au grand complet se dirigeait vers la voiture. A la grande surprise de Jessica, Rob demanda à M. Hutchins de conduire, et à son épouse de s'asseoir à l'avant. Lui-même s'installa à l'arrière avec la jeune femme et les enfants, aux anges.

— Papa, est-ce qu'il y aura une chambre pour mes poupées, dans la maison que nous allons visiter ? demanda Cathy. Jessica m'a dit que, dans sa maison à elle, il y avait une chambre spéciale rien que pour les poupées et les peluches !

— Ah, bravo ! Vous voyez ce que vous avez fait ? ironisa Rob en se tournant vers Jessica avec une mine faussement accusatrice.

Elle lui sourit d'un air complice ; aussitôt, il se pencha pour déposer un baiser sur ses lèvres.

— Papa ! Ce n'est pas encore l'heure de dire bonne nuit ! protesta Michael, visiblement perplexe.

— C'est parce que, hier soir, j'ai oublié d'embrasser Jessica, expliqua Rob avec aplomb. Alors, je me rattrape ce matin, c'est normal.

Le garçonnet se rendit sans difficulté à cette explication. Cathy, elle, regardait Jessica d'un air très intéressé, mais elle ne dit rien.

La première maison qu'ils visitèrent était trop sévère, trop formelle ; ce n'était pas une maison heureuse, décrétèrent-ils d'emblée. La seconde, trop décrépite, demanderait des années de travaux avant d'être habitable.

En revanche, lorsqu'ils empruntèrent l'allée conduisant à la troisième, située dans l'un des quartiers les plus résidentiels de la ville, tous retinrent leur souffle. C'était une maison superbe, haute de deux étages, digne sans être austère. Elle était entourée d'arbres et un petit ruisseau coulait non loin.

— J'aime bien celle-ci, papa, annonça Michael.

L'agent immobilier les conduisit à l'intérieur, et tous ne tardèrent pas à tomber d'accord avec Michael. Les pièces étaient spacieuses et claires ; il y avait de nombreuses chambres, et des appartements privés au rez-de-chaussée qui seraient absolument parfaits pour les Hutchins.

La gouvernante tomba en admiration devant la cuisine, immense et dotée de tous les derniers gadgets modernes ; quant à son époux, il aurait volontiers passé toute la journée dans l'établi attenant au garage, et où se trouvaient mille outils en parfait état.

Les enfants, pour leur part, entreprirent immédiatement de choisir leur chambre, et Cathy fut aux anges d'en découvrir une dotée d'un dressing suffisamment grand pour servir de chambre à ses poupées et offrant une vue merveilleuse sur le jardin et le ruisseau.

Rob prit la main de Jessica au moment de pénétrer dans la chambre principale. Presque malgré elle, la jeune femme se mordit la lèvre en découvrant celle-ci.

— Elle vous plaît ? s'enquit Rob.

— Comment en irait-il autrement ? La cheminée est superbe, et il y a vraiment beaucoup d'espace !

Ils se dirigèrent ensuite vers la salle de bains attenante.

— Oh, Rob, un Jacuzzi ! Et plein de placards !

— Alors ? Que pensez-vous de cette maison ?

— Elle est magnifique, mais mon opinion importe peu. C'est aux enfants et à M. et Mme Hutchins que vous devriez poser la question.

Rob sourit et ne répondit pas. Il n'avait pas à poser la question à quiconque : il savait qu'ils avaient trouvé leur maison. A présent, il ne lui restait plus qu'à convaincre Jessica qu'elle faisait partie de leur famille, et qu'à ce titre sa place était dans cette chambre superbe — et plus précisément dans le lit immense qu'il y ferait installer au plus vite...

13.

Après leur visite, ils se rendirent chez Charles, l'ami de Rob, afin de choisir le chiot des enfants.

Charles les conduisit dans son jardin, où se trouvait la mère labrador, entourée de cinq petits. Ceux-ci venaient tout juste de commencer à ouvrir les yeux, et il faudrait encore plusieurs semaines avant qu'ils puissent quitter leur mère.

— C'est parfait, expliqua Rob à son ami. D'ici là, nous aurons eu le temps de nous installer dans la nouvelle maison.

— Celle que nous venons de voir? demanda Cathy, les yeux brillants.

— Oui, ma puce. Nous avons fait une offre, et nous devrions avoir une réponse ce soir ou demain.

Le cœur de Jessica se serra douloureusement. Elle souhaitait se réjouir pour eux, mais la pensée de ne pas pouvoir partager cette maison avec eux la rendait malade. Heureusement, Cathy la tira par la main, la sortant de ses pensées moroses.

— Jessica, aide-nous à choisir!

Les deux enfants étaient déjà agenouillés près de la portée de chiots. Jessica s'assit sur l'herbe à côté d'eux.

— C'est difficile, admit-elle, ils sont tous adorables.

— Oh, regardez le petit, là, derrière, comme il est mignon !

Cathy désignait du doigt un chiot un peu plus petit et plus clair que ses frères.

— C'est le dernier-né, expliqua Charles. Il risque d'être plus fragile que les autres.

— Ce n'est pas grave, décréta la fillette. Nous nous en occuperons très, très bien et il deviendra grand et fort. Tu nous aideras, hein, Jessica ?

Jessica déglutit, la gorge soudain sèche.

— Je ne...

— Bien sûr qu'elle vous aidera, coupa Rob.

— Le bébé chien, c'est un garçon ou une fille ? voulut savoir Cathy.

— Une fille, répondit Charles avec un sourire amusé.

— Alors, je sais comment je vais l'appeler ! Je vais lui donner ton nom, Jessica.

Rob haussa un sourcil intrigué.

— Tu vas appeler ta chienne Jessica ?

— Mais non, papa ! Boucle d'Or ! Tu es d'accord, Michael ?

— Oh, oui ! Boucle d'Or, comme Jessica !

De retour à la maison, ce soir-là, Mme Hutchins entreprit de préparer le poulet rôti qu'elle avait eu l'intention de faire pour le déjeuner. Comme elle demandait à Rob quand il l'emmènerait à son hôtel, Jessica s'entendit répondre qu'elle ne pouvait pas partir sans avoir dégusté au moins une fois ledit poulet rôti, spécialité de la maison. Là-dessus, Rob la laissa dans la cuisine avec les enfants, qui sautaient autour d'elle en la suppliant de rester.

Lorsqu'il revint quelques minutes plus tard, ce fut pour

annoncer que le vendeur avait accepté son offre, et que la maison était à eux. Les enfants poussèrent des hourras enthousiastes ; Jessica, elle, s'efforça de sourire, même si leur bonheur, dont elle se sentait douloureusement exclue, lui faisait mal.

Après le dîner, l'heure des adieux arriva. Rob avait demandé à Jessica de l'aider à mettre les enfants au lit avant de partir ; il avait réservé pour elle une chambre d'hôtel non loin de là, mais savait que Cathy et Michael refuseraient de se coucher sagement si elle ne les bordait pas.

Après avoir mis Michael au lit et l'avoir embrassé, Rob et Jessica entrèrent dans la chambre de Cathy. La fillette n'avait pas du tout l'air d'avoir sommeil, et quand Jessica l'eut embrassée et eut promis de leur rendre visite dans leur nouvelle maison, elle demanda :

— Papa, Michael et moi avons deux papas, maintenant que maman est mariée avec Stanley, n'est-ce pas ?

— J'imagine, oui, répondit Rob avec un sourire amusé. Mais c'est moi le mieux des deux, hein ?

— Bien sûr ! Mais je me disais, puisque nous avons deux papas, pourquoi ne pourrions-nous pas avoir deux mamans ?

Tout le sang se retira des joues de Jessica. Elle n'avait pas envie d'entendre la réponse de Rob...

— Je ferais mieux d'aller finir mes valises pendant que ton père t'explique tout ça, ma puce, dit-elle précipitamment. Au revoir !

Elle déposa un baiser sur le front de Cathy, et sortit sans demander son reste.

De retour dans sa chambre, elle termina ses bagages — ce qui lui prit moins d'une minute — avant de s'asseoir au bord du lit pour attendre Rob. Tant de choses s'étaient produites durant ces derniers jours ! songeait-elle, un peu dépassée par les événements. Sa vie avait changé à jamais. Et même si elle n'avait pas découvert la trahison de Stephen et de son père, elle n'aurait pas pu retourner à son ancienne existence.

Peut-être n'était-elle pas réellement amoureuse de Rob. Peut-être était-ce seulement sa famille qu'elle convoitait...

Mais qui cherchait-elle à leurrer ? Au fond d'elle-même, elle savait qu'il y avait bien plus que cela. Cet homme et ses enfants représentaient bien plus pour elle qu'une famille idéale, la famille de rêve qu'elle n'avait jamais eue : ils faisaient partie d'elle, et sans eux la vie serait désespérément vide. Chaque fois qu'elle fermait les yeux, les images la harcelaient : Cathy tendant la main pour caresser le chiot nommé Boucle d'Or ; Michael mordant à belles dents dans une cuisse de poulet, son petit visage reflétant l'image même du bonheur ; Rob enfin, toujours, la regardant, la caressant, l'embrassant...

— Prête ?

La jeune femme sursauta et leva la tête vers Rob qui venait d'apparaître sur le seuil de la chambre. Heureusement qu'il ne pouvait lire dans ses pensées !

— Oui. Pourriez-vous prendre ces deux grosses valises-là ? Je me chargerai des sacs et du vanity...

— Vous n'avez pas besoin de tout emporter tout de suite. Vous pouvez laisser tout ce dont vous n'avez pas besoin ici en attendant d'avoir décidé du lieu où vous voudrez vivre.

— Vous êtes sûr ? Merci, c'est gentil. Dans ce cas, il suffit que je prenne ce sac-là.

Rob hocha la tête et saisit le sac qu'elle lui indiquait. Au rez-de-chaussée, Jessica remercia les Hutchins pour leur accueil, jusqu'au moment où Rob écourta les adieux en la prenant par le bras.

— Si je vous avais laissé continuer plus longtemps, Mme Hutchins aurait commencé à pleurer et à vous supplier de rester, expliqua-t-il lorsqu'ils se retrouvèrent dans la voiture.

Ils accomplirent le trajet jusqu'à l'hôtel dans un silence tendu. Une fois arrivés, ils se dirigèrent vers la réception ; Jessica insista pour s'occuper elle-même de tout, et Rob attendit tandis qu'elle inscrivait son nom dans le registre et payait sa chambre d'avance.

Enfin, elle se retourna vers lui et lui tendit la main.

— Eh bien, Rob, je vous remercie pour tout ce que vous avez fait pour moi. Oh... j'ai oublié de vous rendre la bague ! se souvint-elle tout à coup. Elle est dans mon sac.

— Je vais monter avec vous, déclara-t-il en la prenant par le bras. Vous me la donnerez là-haut.

La chambre de Jessica était au septième étage, et offrait une vue agréable sur la ville brillamment éclairée.

Aussitôt arrivée, la jeune femme se mit à fouiller dans son sac, et en tira la bague qu'elle avait cachée dans sa trousse de toilette.

— Euh... voilà, dit-elle en la tendant à Rob d'un mouvement mal assuré.

Mais il n'esquissa pas un geste pour la prendre.

— Jessica, il faut que je vous parle.

Il n'y avait plus, dans son ton, cette gaieté un peu moqueuse qu'elle y avait si souvent entendue, et un long frisson la parcourut.

— Vous... vous avez sans doute deviné combien il a été difficile pour moi, tous ces jours-ci, de garder mes distances, de ne pas vous embrasser tout le temps, de vous caresser... Croyez-moi, il m'a fallu une volonté surhumaine pour ne pas vous sauter dessus !

La petite lueur d'espoir qui s'était allumée au fond du cœur de Jessica s'éteignit brutalement. C'était donc de cela qu'il était question ? C'était dans l'espoir de lui faire l'amour sans risquer d'être gêné par les enfants qu'il l'avait accompagnée jusqu'à cet hôtel ?

— Rob... je pense que vous feriez mieux de partir, à présent, dit-elle d'une voix glaciale.

— Bien. D'accord. Je vais partir. Mais j'estime avoir droit à un baiser d'adieu avant.

Il ne lui laissa pas le temps de protester ; déjà, il l'avait prise dans ses bras et il l'embrassait à perdre haleine.

Incapable de résister, Jessica s'abandonna à cette étreinte — la dernière — avec toute la force du désespoir. Presque dans un état second, elle laissait courir ses mains sur la nuque de Rob, elle les mêlait à ses épais cheveux noirs, tandis que leurs langues se cherchaient, s'enlaçaient dans un ballet d'un érotisme torride.

Elle avait eu l'intention de le chasser, de demeurer seule pour pleurer sa solitude et sa frustration ; pourtant, lorsque, très doucement, il commença à déboutonner son chemisier, elle le laissa faire et l'encouragea en faisant de même de son côté.

Quelques secondes plus tard, ils étaient nus dans les bras l'un de l'autre. Unis, enfin...

Il était parti.

Jessica redressa la tête et regarda l'oreiller près d'elle, sur lequel la trace de la tête de Rob était encore visible. De ce dernier, point de trace.

Mon Dieu, qu'avait-elle fait ? Elle aurait dû se douter,

pourtant, que cela se terminerait ainsi ! A aucun moment Rob ne lui avait dit qu'il l'aimait ; honnête, il avait seulement parlé de désir.

Elle aussi l'avait désiré, bien sûr. Mais elle avait aussi désiré bien davantage. Cathy, Michael, un foyer à chérir... un mari prêt à lui consacrer sa vie, et à qui elle offrirait la sienne...

Au lieu de quoi elle avait accepté une aventure d'une nuit.

— Très bien, Sims, je suis content d'apprendre que Cattaloni a compris où était son intérêt.

Rob eut un petit sourire satisfait. Il avait hâte de remonter pour annoncer la grande nouvelle à Jessica ! Depuis plus d'une heure, il était enfermé dans une petite salle de travail de l'hôtel, occupé à régler définitivement le problème Cattaloni avec l'aide de ses amis du F.B.I. Et Sims, enfin, venait de lui apprendre que Stephen avait décidé de quitter Kansas City pour de bon.

— Cela ne veut pas dire que le père de votre petite amie n'aura pas à lui rembourser l'emprunt, souligna l'agent fédéral à l'autre bout du fil. Mais au moins, on n'est pas près d'entendre de nouveau parler de Stephen Cattaloni dans les parages ! Aux dernières nouvelles, sa maîtresse et lui ont pris un aller simple pour les Bahamas.

— Parfait.

— Vous n'avez pas l'intention de revenir parmi nous, par hasard ? Vous savez combien nous avons besoin de vous...

— Non. Pas question !

— Mais qu'est-ce que vous allez faire de vos journées ? Je vous connais, depuis le temps, et je suis certain que vous vous ennuierez à mourir si vous restez oisif.

— Vous avez parfaitement raison. C'est pourquoi j'ai l'intention de monter une agence de détectives privés que je formerai moi-même. Qui sait? Ça vous fera peut-être moins de travail, à vous, à la longue?

— Ma foi, l'idée me semble excellente, en tout cas. N'hésitez pas à me passer un coup de fil de temps en temps pour me dire où vous en êtes!

— Promis, Sims. Et merci de m'avoir aidé à faire peur à Cattaloni!

Rob regarda sa montre et se hâta vers l'ascenseur. Il n'avait pas eu l'intention de tarder autant; il était déjà près de midi, et Jessica devait être inquiète de son absence prolongée.

Lorsqu'il entra dans la chambre, il trouva celle-ci impeccable; de toute évidence, la femme de chambre était passée en son absence. De Jessica, aucune trace. Seules ses valises dans le placard indiquaient qu'elle n'était pas partie définitivement. Mais où la trouver?

Il s'empressa d'appeler Mme Hutchins.

— Avez-vous eu des nouvelles de Jessica?

— Ma foi, non. Je la croyais avec vous.

— On dirait que je l'ai perdue, dit-il d'un ton sinistre.

— Que Dieu nous préserve! Je ne dirai rien aux enfants, mais vous avez intérêt à l'avoir retrouvée avant de rentrer, sinon, ça va être l'enfer!

Il était plus de 17 heures lorsque Jessica pénétra dans l'ascenseur de l'hôtel. Jamais elle n'avait autant marché de sa vie! songea-t-elle. Mais ça n'avait pas été pour rien. Elle avait commencé à visiter des appartements, et même si tous lui avaient semblé déprimants et exigus, comparés à la maison de rêve qu'allaient partager Rob et les enfants, elle se faisait désormais une meilleure idée du marché et de ce qu'elle était en droit d'espérer.

144

Et puis, elle avait pu parler avec l'avocat de la famille, qui lui avait expliqué comment récupérer ce qui lui appartenait en toute légalité et en évitant de traîner son père devant les tribunaux, ce qu'elle se refusait à envisager.

A présent, il était temps qu'elle se repose un peu! se dit-elle en introduisant la clé dans la serrure de sa chambre.

Son cœur se serra au moment de franchir la porte. L'air était encore empreint de l'odeur de l'après-rasage de Rob, cette odeur à la fois sensuelle et virile qu'elle aimait tant... Poussant un soupir, elle referma la porte derrière elle. Une bonne douche la détendrait, et lui permettrait de penser à autre chose.

Elle s'avançait dans la chambre pour se diriger vers la salle de bains lorsqu'elle sursauta violemment. Rob! Rob était là, allongé au beau milieu du lit! Elle poussa un petit cri et recula instinctivement d'un pas.

— Où étais-tu passée? demanda-t-il en se levant.

Il s'avança vers elle, la prit dans ses bras et l'embrassa avec passion sans lui laisser le temps de répondre.

— Que fais-tu ici? s'enquit-elle lorsqu'il la relâcha enfin. Pourquoi es-tu revenu?

Il fronça les sourcils.

— Tu pensais que j'allais m'en aller comme ça, sans un mot?

— Tu n'étais plus là quand je me suis réveillée.

— J'étais au rez-de-chaussée, je passais quelques coups de fil à propos de Cattaloni. Au fait, tu seras contente d'apprendre qu'il va quitter Kansas City. Après avoir entendu les arguments de mon ami Sims, il a décidé que l'air des Bahamas lui conviendrait davantage que celui des Etats-Unis.

— Cela ne m'explique pas pourquoi tu es revenu ce soir, déclara Jessica avec raideur.

— Mais parce que ma place est à tes côtés, naturellement ! s'exclama Rob. Tu n'as pas encore compris que nous étions faits l'un pour l'autre ? La nuit dernière n'a-t-elle donc rien signifié pour toi ?

— Je... j'ai pensé que tu n'étais attiré par moi que physiquement...

— Il est vrai que tu m'excites terriblement, reconnut-il avec un clin d'œil coquin. Mais il n'y a pas que ça ! Oh, Boucle d'Or, ajouta-t-il d'une voix vibrante en la serrant contre lui, tu ne comprends pas ? Je t'aime, je veux passer le reste de mes jours avec toi.

Il eut un petit sourire.

— Sais-tu que je n'aurais peut-être jamais osé te le dire, sans Michael ? C'est lui, l'autre soir, quand il nous a surpris dans la cuisine, qui m'a fait comprendre que je ne pourrais jamais supporter de vivre sans toi. Que si tu nous quittais, notre vie ne serait jamais plus gaie et insouciante... Jessica, veux-tu être ma femme et la mère de mes enfants ? De Cathy, de Michael, et de tous les autres petits Berenson que Dieu voudra bien nous donner ?

Abasourdie, le cœur battant à tout rompre, Jessica plongea son regard dans celui de son compagnon. L'amour qu'elle y lut balaya ses derniers doutes.

— Les gens penseront que je t'épouse pour ton argent, objecta-t-elle néanmoins. Je te rappelle que je ne suis plus une riche héritière !

— M'épouses-tu pour mon argent ?

— Bien sûr que non ! L'amour est mille fois plus important que la richesse, pour moi.

— Et tu m'aimes ?

— Oh, oui, Rob ! A la folie !

— Dans ce cas, il n'y a pas de problème, puisque je t'aime aussi.

— Mais nous ne nous connaissons que depuis cinq jours. Tu peux encore changer d'avis...

146

— Au risque de perdre la meilleure comptable de la ville ? Ne dis pas de sottises !

— De quoi parles-tu ?

— De l'agence de détectives que j'ai l'intention de monter. Il me faudra quelqu'un pour gérer les comptes... Et je t'ai promis de te pistonner, tu te souviens ?

Décidément, Rob ne changerait jamais, songea Jessica, le cœur gonflé d'amour. Jamais il ne cesserait de prendre des décisions à sa place !

Jamais... Comme ce mot sonnait bien, soudain !

— Allons vite annoncer ça aux enfants ! s'exclama-t-elle. Après tout, sans eux, nous ne formons qu'un couple ; ce sont eux qui font de nous une vraie famille !

— Minute, papillon ! Tu n'oublies rien ?

Interloquée, Jessica fronça les sourcils et le regarda plonger la main dans sa poche. Il en tira le solitaire qu'elle lui avait rendu la veille.

Submergée par l'émotion, la jeune femme ne put prononcer une parole tandis qu'il lui passait la bague à l'annulaire gauche.

Pour de bon, cette fois.

Épilogue

— Bon, vous êtes sûre que vous pourrez vous débrouiller trois jours avec les enfants, madame Hutchins ? demanda Jessica pour la énième fois.

— Certaine ! la rassura la gouvernante avec un bon sourire. Il est grand temps que Robbie et vous preniez un peu de repos seuls tous les deux. Après tout, rares sont les couples qui emmènent leurs enfants en voyage de noces !

— Mais nous ne pouvions pas les laisser seuls pour les vacances de Noël !

— En tout cas, pour la Saint-Valentin, il est normal que vous soyez un peu tranquilles. Ne vous inquiétez pas, je saurai m'occuper d'eux.

— Je n'en doute pas une seule seconde.

— Alors, amusez-vous bien ! Et ne vous laissez pas bloquer par la neige, cette fois-ci !

— Bah ! Même si ça arrivait, je suis sûre que vous nous avez préparé de quoi soutenir le siège jusqu'au printemps ! la taquina gentiment Jessica en désignant l'énorme panier de provisions que lui avait remis la brave femme.

— On n'est jamais trop prudent.

La porte d'entrée s'ouvrit, et Rob apparut. Il sourit à son épouse et l'embrassa sur les lèvres.

— Je t'ai manqué?

— Affreusement, assura-t-elle.

— Tu es prête à partir?

— Euh... oui, mais j'aimerais te parler, d'abord.

Un peu inquiet, Rob la suivit dans la bibliothèque, qui était l'une de leurs pièces préférées.

— Qu'y a-t-il? Les enfants ont fait une bêtise? demanda-t-il lorsqu'elle eut refermé la porte sur eux.

— Bien sûr que non! protesta-t-elle. A moins que tu ne veuilles parler du pull tout neuf que Michael a donné à Boucle d'Or pour jouer et qu'elle a allègrement transformé en dentelle...

Rob sourit et posa un baiser sur le front de sa compagne.

— Qu'y a-t-il, alors? Tu n'as pas envie de retourner dans la cabane au fond des bois?

— Si, au contraire! Mais il y a quelque chose que je voudrais te dire, et que tu auras peut-être envie de partager avec le reste de la famille avant de partir.

— De quoi s'agit-il? Tu m'inquiètes, tout à coup...

— Nous allons avoir un nouveau membre dans la famille.

Rob fronça les sourcils.

— Ne me dis pas que ton père vient s'installer avec nous?

Jessica esquissa une grimace. Ses relations avec son père s'étaient un peu améliorées, dernièrement, mais elles demeuraient encore bien trop tendues pour envisager une cohabitation!

— Non. C'est beaucoup mieux que ça!

Elle vit à l'expression de son compagnon qu'il avait compris.

— Un... un bébé? Nous allons avoir un bébé?

Comme elle hochait vigoureusement la tête, il la souleva dans ses bras et se mit à la faire tourner en l'air.

— Ma chérie, c'est merveilleux !

— Crois-tu que nous devrions le dire aux autres avant de partir ?

— Ça me semble une bonne idée. Ça leur donnera de quoi cogiter en notre absence ! Je suis persuadé que Cathy et Michael vont d'ores et déjà vouloir aller acheter des jouets pour le bébé !

Ils retournèrent dans la cuisine et invitèrent tout le monde à venir écouter l'annonce qu'ils avaient à faire. En voyant entrer tour à tour Cathy, Michael, M. et Mme Hutchins, Jessica sentit son cœur se gonfler de joie. Oui, tous ensemble, ils formaient une famille, une vraie. Et bientôt, cette famille s'agrandirait, dans le même amour et le même bonheur. Que demander de plus ?

Le nouveau visage
de la collection Or

◆

AMOURS D'AUJOURD'HUI

Afin de mieux exprimer sa modernité et de vous séduire encore davantage, votre collection Or a changé de couverture et de nom depuis le 1er mars 1995.

Rassurez-vous, les romans, eux, ne changent pas, et vous pourrez retrouver dans la collection **Amours d'Aujourd'hui** tous vos auteurs préférés.

Comme chaque mois, en effet, vous y attendent des héros d'aujourd'hui, aux prises avec des passions fortes et des situations difficiles...

COLLECTION
AMOURS D'AUJOURD'HUI :
Quand l'amour guérit des blessures de la vie...

Chère lectrice,

Vous nous êtes fidèle depuis longtemps?
Vous venez de faire notre connaissance?

C'est pour votre plaisir que nous avons
imaginé un rendez-vous chaque mois
avec vos auteurs préférés, vos
AUTEURS VEDETTE dans les
collections Azur et Horizon.

Les AUTEURS VEDETTE vous
donneront rendez-vous pour de
nouveaux livres vedette.

Pour les reconnaître, cherchez
l'étoile ... Elle vous guidera!

Éditions Harlequin

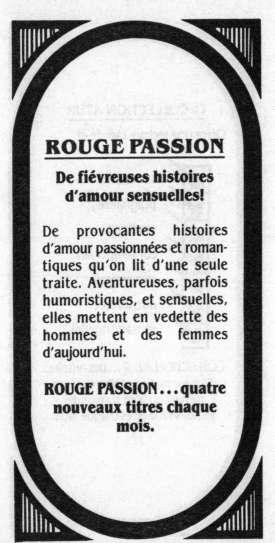

ROUGE PASSION

De fiévreuses histoires d'amour sensuelles!

De provocantes histoires d'amour passionnées et romantiques qu'on lit d'une seule traite. Aventureuses, parfois humoristiques, et sensuelles, elles mettent en vedette des hommes et des femmes d'aujourd'hui.

ROUGE PASSION...quatre nouveaux titres chaque mois.

La COLLECTION AZUR

Offre une lecture rapide et

- ✓ stimulante
- ✓ poignante
- ✓ exotique
- ✓ contemporaine
- ✓ romantique
- ✓ passionnée
- ✓ sensationnelle!

COLLECTION AZUR... des histoires
d'amour traditionnelles qui vous
mènent au bout du monde!
Six nouveaux titres chaque mois.

Composé sur le serveur d'Euronumérique, à Montrouge
PAR LES ÉDITIONS HARLEQUIN
Achevé d'imprimer en août 1999
sur les presses de l'Imprimerie Bussière
à Saint-Amand-Montrond (Cher)
Dépôt légal : septembre 1999
N° d'imprimeur : 1758 — N° d'éditeur : 7818

Imprimé en France